仲が悪すぎる幼馴染が、俺が5年以上ハマっているFPSゲームのフレンドだった件について。

田中ドリル

BRAVENOVEL
ブレイブ文庫

JN109351

プロローグ

　事の発端は五年前。

「シンタロー！　映画見に行くよ！」

　俺がつけていたヘッドセットを、幼馴染の奈月《なつき》は強引に奪い取って大声で叫ぶ。

　三日ぶりに開いたドアからは、淡い太陽の光が差し込んでいた。

「……見てわかんないの？　今ゲームしてんだよ」

　クマだらけの目をこすりながら、できるだけ冷たい声を出して彼女にそう言った。

「……だって、今日は映画を見る約束じゃ……」

「また今度の日曜な」

「それ、この前も言ってた……おばさんとおじさんが亡くなって辛いのはわかるけど、たまには外に出ないと……」

「……うるせぇなぁ」

「っ！」

「俺はお前と遊ぶより、画面の向こうにいる強いやつと殺しあう方が百倍楽しいんだよ」

　俺の言葉で彼女が怯んだ隙にヘッドセットを奪い返して、画面に向き直る。

奈月は泣いていた。けれどそんなことどうだっていい。

「じゃあ……私がシンタローより、強くなったら……一緒にいてくれるのね？」

「………」

ゲームに集中していた俺は、奈月の言葉を聞き取ることはできなかった。

＊　＊　＊

そして五年後、物語は始まる。

ラウンド1　仲が悪すぎる幼馴染

「はぁ……っ！　はぁ……っ！」

青白く光るディスプレイ。

ごうごうと熱風をはきだすゲーミングＰＣ。

カチャカチャとせわしなく動くマウス。

俺は息を切らしながら、画面に映る今最も熱いバトルロワイヤル一人称視点《FPS》ゲーム『ＲＬＲ』を食い入るように見つめる。

「ラスト一人……！」

ひらけた草原にぽつぽつと茂る木々。その中心にひっそりと佇む一軒家。

そこに、最後の敵はいる。

「ふう……」

弾を装填しながら木の後ろに隠れて、大きく息を吐いた。

手は震え、額で汗がにじみ、心臓はこれでもかというほど大きく脈うっている。

今の俺の様子をＦＰＳをしたことがない人が見れば、ゲームごときで何を大げさなことをと、笑うかもしれない。

断じて大げさなんかじゃない。

俺は今、本当に、命を懸けているのだ。

俺がここ数年どハマりしているＦＰＳゲーム『Real Life Rivalry』通称『ＲＬＲ』。

合計百人が飛行機に乗って無人島にパラシュートで着陸し、落ちている武器を拾って、最後の一組になるまで戦う有名なゲームだ。

総プレイヤー数、全世界累計六億人の超モンスタータイトル。

今プレイしているラウンドは、そんな超人気ゲームの公式大会、全国高校ｅスポーツ選手権『ＲＬＲ』部門関東サーバー予選最終ラウンド。

この地方ラウンドを勝利すれば、俺は……いや俺たちは、ＲＬＲ高校生最強を決める決勝ラウンドに進むことができる。

決勝ラウンドは、ＲＬＲプレイヤーの中でもプロゲーマーを目指し毎日何時間も努力しているガチ勢の中のガチ勢を千人単位で蹴落とさなければ到達できない、そんな場所。

俺たちにとって、ＦＰＳは……ＲＬＲは、決してただのお遊びなんかじゃない。自身のプライドを賭けた正真正銘命の奪い合い。

れっきとした電子競技、スポーツなのだ。

「よし……いくぞ……ッ！」

大きな木から身をひるがえし、最後の敵が居座る一軒家めがけて走り出す。

家に到達するまで、およそ十秒。そのたった十秒に全神経を集中させる。

「……来たッ！」

銃口が窓から覗いた。

俺は窓の奥にいるであろう敵に照準《エイム》を合わせ、引き金を引く。

「くッ！」

舞う血しぶき。小気味よいアサルトライフルの銃撃音。敵の弾丸が肩や腹部を通過していく。

敵の射撃は遮蔽物《しゃへいぶつ》に身を隠しながらの攻撃。対して俺の射撃は、遮蔽物も何もない野原からの攻撃。

誰がどう見ても俺の方が圧倒的に不利。どちらが撃ち勝つかは火を見るより明らかだった。

それでも俺は引き金を引くのをやめない。

一度死ねば終わりのバトルロワイヤルFPS。そんなサバイバルゲームで、不利な状況にも関わらず無理矢理撃ち合うこの動き《ムーブ》は控えめに言って悪手の中の悪手。

けれど…………二人なら。

敵の攻撃に体を晒す悪手は、敵の弱点を晒す好手へと化ける。

「2N《ツーエヌ》さんッ！」

俺が叫ぶと同時に、遠くの方から何かが弾ける音が聞こえた。

その音を聞いた瞬間、未だ圧倒的に不利な状況にも関わらず、俺の口角は自然と吊り上がる。

その笑みは、諦めの感情から来るものじゃない。

戦場に揺蕩う勝負の行く末を見据えたときにこぼれる表情。

勝利を確信したときの笑みだ。

バシュンッ！　と、耳元を風切り音が掠める。

瞬間。鮮血。

目の前で、俺を殺そうとアサルトライフルを乱射していた敵の頭が吹き飛ぶ。

背後の高台から放たれたであろう弾丸は、重力に引かれてゆるく弧を描き、最後の敵の頭に吸い込まれたのだ。

「残念だったな、俺を殺そうと２Ｎさんの前で頭を晒したお前の負けだ」


俺は一人じゃない。

背後、およそ三百メートル先に。

世界ランキング二位のスナイパーがいる。

＊＊＊

「いってきまーす」

五月の下旬。朝焼けの中。

俺、雨川真太郎《あめかわしんたろう》は、よれよれの学ランを着て、寝ぼけ眼をこすりながら玄関を開ける。

体が怠い。

けれど、俺の脳みそは熱湯のようにグツグツと茹《ゆだ》っていた。

ポケットからスマホを取り出し、イヤホンを両耳につけ、動画配信サイトにアップされた昨晩の激戦のハイライトを眺める。

「やっぱ2Nさん神エイムだわぁ～」

間抜けな声を出しながら、昨晩二人組《デュオ》で戦場を駆け抜けた親友『2N《ツーエヌ》』さんを褒め称える。

遠距離だろうが中距離だろうが素早く銃を構え、魔法のように高速で照準《エイム》を合わせて、目標の頭を抜く。

鬼神の如き強さとはまさに2Nさんの為の言葉だ。

総プレイヤー数が六億人もいるRLR。その六億人の中でアジアサーバーのランキング二位と説明すれば、2Nさんが如何に凄いか分かってくれるだろう。

俺はそんな2Nさんと二人だけでチームを組み、ゴールデンウィークに開催されていた『高校生eスポーツ選手権RLR部門関東サーバー予選』を共に戦っていたのだ。

……本来であれば、高校生大会は四人までチームに入れることができるけど、俺が誘おうとした相手を2Nさんが面接と称してデスマッチでボコボコにしてしまうので、まともに人員補充ができなかった。シンプルに俺に友達がいないという理由もある。とにかく、様々な理由があり今回は二人で参戦した。

結果は、数的不利を覆しての俺たちの辛勝。

二位のチームにギリギリで逃げ切り、関東サーバー予選優勝という成績を収めた。

……そして、俺たちは手にしたのだ。

夏休み、東京で開催される、RLR高校生最強を決める全国大会に参加する権利を。

「ちょっと邪魔なんだけど」

背後から、妙に高くてツンツンしている声が聞こえた。

恐る恐る振り向く。

艶やかな黒髪。ツンと吊り上がる大きな瞳。人形のように整っている目鼻立ち。

セーラー服を着た黒髪ショートの美少女。

十年以上もの付き合いがある幼馴染、春名奈月《はるななつき》が、眉間にしわを寄せて立っていた。

そのキツい目つきに怯えながらも、難癖をつけてくる彼女に俺は反論する。

「いや、普通にそっちを通ればいいだろ」

俺が今歩いている歩道は人一人しか通れないような狭い道じゃない。三人くらい人が並んでも楽に通れるほどの広い道。

彼女が少し右にそれて、俺を抜いていけば解決する問題なのだ。

「アンタが退きなさいよ」

正論なんか求めてない、私はお前を攻撃したいだけだ。舌打ちしながら俺をにらみつける彼女を見れば、そういう意図があるということは充分にわかった。

俺はしぶしぶ右に避けると、彼女はわざとらしく俺に肩をぶつけて早足で去っていく。

「……はぁ」

幼い頃は結婚の約束をするほど仲が良かったのに、現在は虫ケラを見るような目でにらまれる。

……彼女がそんな態度をとるようになった原因を俺はよく知っている。

キッカケは五年前。俺と奈月が中一になったあたり。

五年以上前からハマっていたＦＰＳに、俺が病的なまでにのめり込んだせいだ。

とある理由で心底不貞腐れていた俺は、自分の部屋に閉じこもり、いわゆる引きこもり状態になっていた。

そんなどうしようもない俺を見た彼女は、なんとか俺を励まそうと甲斐甲斐しく世話を焼いてくれたんだけど、俺はそんな彼女の優しい気持ちを理不尽なひどい罵声とともに酷く踏みにじったのだ。

三年という長い月日と、２Nさんという親友《フレンド》のおかげで、何とか立ち直った時にはもう遅かった。

素直だった彼女の性格はツンツンしたあまのじゃくへと変貌し、まともに俺と口を聞いてくれなくなっていた。

俺が奈月に対して感じるのは怒りや滞りといった悪感情ではなく、とてつもなく大きな罪悪感。子供っぽくて不甲斐ない自分に対する怒りはあっても、一度は親友と呼んでもいいほど仲が良かった彼女に対して怒る気持ちは全くない。

まさに自業自得。

彼女が俺に怒る理由はあっても、俺が彼女に対して怒れる道理はないのだ。

俺ができる唯一の償いは、ちゃんと謝れるチャンスがやってくるまで芋虫のように動かないプレイヤー、略して芋プレイヤーのようにじっと待つだけ。

「はぁ……」

今日二度目の大きなため息。

少し湿ったコンクリートを眺めながらとぼとぼと歩いていると、ピロリンとスマホが鳴る。

画面を見ると、２Nさんからメッセージがきていた。

『おはよ。よく寝れた？』

思わず頬が緩む。

ずっと仲が良かった幼馴染と険悪な関係になった数ヶ月後、俺は2Nさんと出会ったのだ。

なんの接点も無いのにフレンド申請してきた彼をはじめは不躾なやつだなぁと思ったけれど、その評価はすぐに覆ることになる。

俺と気が合いすぎるのだ。

裏どりの連携も、手榴弾を投げる場所も、突貫するタイミングも、言葉を交わさなくてもピッタリと合う。まるで十年以上の付き合いがある幼馴染のように、俺と2Nさんは周波数が完璧に寸分の狂いもなく合っていたのだ。

そしてなんの因果か、好きなゲームや食べ物や映画も、そんなところまで何もかも一緒だった。

すっかり意気投合した俺と2Nさんは、RLR以外のゲームでもフレンドになって一緒にゲームを続けた。

FPSの腕前が上がるとともに、俺の心にあった大きな傷は、そんな気が合いすぎる親友《フレンド》との楽しい時間によって癒されたのだ。

そして俺たちのメインゲームであるRLRで、俺と彼は遂に公式戦にエントリーし、予選とはいえ優勝という華々しい結果を残したのである。

「2Nさんって、どんな人なんだろ」

さながら恋する乙女のようにそう呟く。

予選を勝ち抜き、全国大会の切符を手に入れた俺たちは予定通りなら東京の会場でゲームをプレイすることになる。

つまり直接会うことになるのだ。

びっくりするくらい仲が良い俺と2Nさんだけれど、実はお互いの性別や本名、声、年齢さえも知らない。

今も、今までも、会話や雑談はゲームチャットで済ませてきた。

ゲームをプレイする時もボイスチャットは使わず、お互い無言でプレイしている。連携が必須のRLRではかなり珍しい部類だ。

現に他のプレイヤーにそれを伝えると死ぬほど驚かれる。理由は説明できないけど、俺と2Nさんは何故か無言でも完璧に連携がとれるのだ。

俺が2Nさんの個人情報を知らない理由はもうひとつある。

2Nさんは個人情報関連の話題になると、あからさまに動揺するのだ。誤字が増えたり、日本語がおかしくなったり、とにかくそういった話を避けたがる。

自分の話はあまりしたくないのかもしれない。だから俺も極力避けてきた。

そんな2Nさんと今度、はじめて会うことになる。

楽しみでもあるし、不安でもある、そんな不思議な気持ちだ。

「全国大会参加するかどうか、一応聞いておいた方がいいよな……」

彼はもちろん参加するだろうけど、一応確認の為メッセージを送った。

不安と期待が入り混じった不思議な感情のまま、俺は校門をくぐった。

＊　＊　＊

「はぁぁぁぁぁあああっ!?」

スマホの画面を見ながら、俺は大声で叫ぶ。

画面には、２Ｎさんからのメッセージが表示されていた。

『ごめん、君と全国大会には行けない』

「なんでだよ……俺たち死ぬほど頑張ったのに……！」

予想外の２Ｎさんの返答に、文字通り俺はテンパっていた。いや、狂乱していたと言ってもいい。

この全国大会への切符の為に、俺たちは血反吐を吐くほど練習した。

エイム力（照準を合わせる速度、正確性）と反動制御《リコイルコントロール》（射撃時に跳ね上がる銃口を下げる動き）の向上。マップデータ、強ポジションの把握。屋内戦、山稜線の連携強化。各武器のステータス、弾速、距離による偏差の計算。

あげればキリがないほど膨大で地道な作業を積み、優勝したのだ。

簡単に行かないなんて言っていい状況じゃない。

例えば、プロを目指す高校球児やサッカー部員が熾烈な戦いを制して全国大会の切符を手に入れたとしよう。彼らは同じ夢を持つ何千人何万人というライバル達を倒し、その権利を得る。ゲームに青春のすべてを捧げる俺たちみたいなゲーマーは、ベクトルは違うけれど、その高校球児やサッカー部員と何ら変わらない。いろいろな考え方があるだろうけど、少なくとも俺はそう考えている。

とにかく、俺たちが決勝で戦う権利を放棄するということは、散っていったライバルたちの思いを踏みにじってしまいかねないとんでもないことなのだ。

「おい、雨川」

「なんだよ！　今マジでやべぇんだよ！　あークソ！」

「……ヤバイのはお前だ。後で職員室に来い」

「……へ？」

担任教師の冷たい声に、俺は冷や水をかけられたように冷静になった。

周りをよく見ると、奇人を見るような目で、クラスメイトたちは俺を見つめていた。

その中には幼馴染の奈月もいた。奈月は何故か顔を真っ赤にしている。

「す……すんませんした……」

俺はそう言って、机に突っ伏した。けれど机の下で、スマホをたぷたぷつついている。

『理由を聞いてもいいですか？』

落ち着け、２Nさんにも事情があるのかもしれない。

金銭面に関しては交通費や宿泊費も含めて、大会を開いた主催者側が出してくれる。であるならば理由はそこじゃないだろう。

俺が手助けできる問題であればなんだってする。

これは2Nさんがめちゃくちゃ強くて戦力になるからって理由だけじゃない。

会ったことはないけれど、何度も言うように俺と2Nさんは親友と呼んでも差し支えないほど仲が良い。FPS仲間には、男同士なのに夫婦だと呼ばれるレベルだ。

そんな親友が全国大会出場を辞退するほどの問題を抱えているのであれば力になりたい。

スマホがブルブルと揺れる。2Nさんから返信がきた。

俺は恐る恐る、スマホの画面を見る。

『まだ俺は、君より強くなってないから』

「……へ？」

2Nさんのメッセージを、俺は理解することができなかった。

＊　＊　＊

「し……失礼しました」

半泣きになりながら、俺は職員室の扉を閉める。

成績も素行も良い生徒ではないので、ここぞとばかりにがっつり叱られた。

２Nさんとの件もあって、俺はダブルパンチでへこんでいた。もうべっこべこである。

今日三度目の大きな溜息を吐こうとすると、後ろの扉がガラガラっと開いた。先ほど俺を叱りつけた担任が呑気に顔を覗かせる。

「そういや雨川、お前春名さんと家隣だったよな？　これ届けておいてくれ」

「なんで俺が……」

「内申点、今のままじゃヤバイぞお前」

「……汚ねぇ」

担任に無理矢理プリントを押し付けられた俺は、ようやく溜息を吐く。

滅多に欠席をしない奈月が今日は珍しく早退したのだ。透明なクリアファイルの中には学級紙や課題のプリントが入っている。

嫌われまくっている俺が、奈月の家に行けばどんな態度をとられるかは目に見えている。

「不幸だ……」

生きているうちに言ってみたいラノベ主人公口癖ランキング第六位のセリフを吐きつつ、俺は下駄箱に向かい、帰路に着く。

歩きながらスマホをチェックするけれど、２Nさんからそれ以降返信は来ていない。

「まだ俺は、君より強くなっていないから……か……」

言葉通りの意味であるならば、俺は足手まといになるからーとか、そういう意味なんだろうけど、2Nさんが言っても嫌味しか感じない。

総合的な戦績は確かに俺の方が上だけど、単純なキル数やエイム力、主に直接の戦闘面に関しては圧倒的に2Nさんの方が上だ。

俺はただ、死なないことが得意なだけの芋プレイヤー。

巷じゃ、Sintaro《シンタロー》という俺のハンドルネームとかけて『タロイモ』なんてあだ名をつけられて、ネット掲示板で叩かれている。……悲しい。

どれだけ撃たれても、どんなに距離が離れていても、たった一発のヘッドショットで勝負を決める暴力的なまでのエイム力から『理不尽な悪魔』なんてかっちょいいふたつ名で呼ばれている2Nさんとは、本当に天と地の差なのである。

そんな彼が言った言葉だ。

何か深い意味があるに違いない。

そう思って今日は一日中、思案を巡らせていたけれど、何もひらめかず放課後になってしまった。

「2Nさんが参加してくれなかったら個人参加《ソロ》なんだけど……流石に勝てるわけないよなぁ……他に誰か誘ってもいいけど、俺むちゃくちゃ嫌われてるしなぁ」

勝利の為には、最後の一人になる為には、俺は手段を選ばない。

だから自分より強い相手には汚い戦法も使うし、芋る（建物の個室などにずっと隠れ続けること)。

勝てばよかろうなのだぁ精神でゲームをプレイしていた俺は、いつの間にかほとんどのゲーマーや配信者に嫌われてしまったのである。

小さな大会で何度か優勝もしているけれど、２Nさんのように人気は出ない。プレイ動画を晒され出回るたびにアンチが増えるばかりである。たまーに俺を擁護してくれるコメントにまで『お前タロイモ信者なの？　芋くせぇｗｗｗ』とアンチが反応するレベルで嫌われている。

俺みたいな嫌われ者に近づいてくる輩は大抵やばいやつか、再生数稼ぎのゲーム実況者くらいのものだ。

そんな俺にチームメンバーを補充するという望み薄な選択肢は選べない。正確には、選んでいるけれど結果はでない。

仲がいいと思っていたゲーマーにＤＭ送っても『あっ……シンタローさんと一緒に組むのはちょっと……アンチ湧きそうなので……』と断られるのだ。つらい。

「なんとしてでも、２Nさんには参加してもらわなきゃな……」

大会やらランキングで好成績を収めている今だからアンチも大きくでれな……いや結構大きくでてるけど、もし無様な負け方をすれば『タロイモ、高校生全国大会にイキってソロで参加するもフルボッコｗｗｗ』なーんてスレが乱立するに決まってる。そんな悲しい未来は阻止せねばならない。

俺は決意を新たにして、自宅の扉を開く。

「あっ……そういやプリント……」

左手に持っていたプリントを眺める。

嫌なことからは全力疾走で逃げる性分の俺だけど、このプリントを奈月に届けなかったらどうブチギレられるかわかったもんじゃない。

リスクヘッジはサバイバル系FPSにおいて鉄則。

どうせダメージを受けるのだ。最小にとどめなければ！

そんなことを考えながら、俺は幼馴染の家のチャイムを数年ぶりに押した。

ピンポーンと、お馴染みの音が聞こえる。少し経ってガチャリと扉が開いた。

「あらシンちゃん、久しぶりね〜」

黒髪ロングで超絶グラマーで超絶美人の奈月のお母さん。皐月《さつき》さんが俺を出迎えてくれた。

めちゃくちゃいい匂いするぅ〜。

ものごし柔らかな雰囲気はツンツンした奈月とは大違いだ。ついでに胸もマリアナ海溝とエベレストくらい大違いだ。南無三。

「あの、これ、奈月に渡しといてください」

「わざわざありがとう。……よかったらちょっと上がっていきなさいな！　ケーキあるから！ねっ？」

「ちょっ！」

プリントを手渡した手を皐月さんに掴まえられて、俺は玄関に引っ張り込まれる。

ケーキで釣って家に連れ込もうとするとか文面だけ見れば犯罪臭半端ないけれど、皐月さんのエベレストが俺の前腕にエベレストしていて俺はもうなにも考えられなかった。柔らかい。

「奈月は今シャワー浴びてるから、ちょっと上の部屋で待ってて頂戴。ケーキは後で持っていくから」

「いやでも……」

「いいから、ねっ？」

ぽわぽわとマイナスイオンを発しながら俺の背中を押す皐月さん。またもやエベレストが俺の背中にエベレストしていて俺のタロイモもエベレストしそうだった。

結局。毒ガスに追われ、安全地帯に逃げ込むプレイヤーのように、俺は奈月の部屋の前に来ていた。

「……っ」

ごくりと喉を鳴らす。

いや別に悪いことしてるわけじゃないから緊張する必要ないんだけど、なんかね。なんか緊張するよね。

ドアノブに手をかける。

そして、俺は五年ぶりに奈月の部屋に入った。

女の子特有の甘い香りが鼻腔《びくう》をくすぐる。

白を基調とした綺麗に整頓された部屋。

　奈月の部屋は、女の子の部屋と言われれば、まずイメージしてしまうようなそんな部屋だった。

　俺は緊張をほぐす為大きく深呼吸した。他意はない。緊張すればするほどエイムは乱れ致命的なミスを招くのだ。一流のゲーマーなら女の子の部屋で深呼吸するのは当たり前。

「すぅ〜〜、はぁ〜〜」

　やっべぇハマりそう。

　これ以上は逆に乱れる。いや、淫れるのでやめておこう。

「……ん？」

　机の上に置いてあるデスクトップ型の黒々としたＰＣに目を奪われる。

「これ……俺がめっちゃ欲しかったクソ高いゲーミングＰＣじゃん、なんであいつがこんなの持ってんだよ……」

　白を基調とした女の子の部屋には、あまり似つかわしくないようなゴツいゲーミングＰＣが、奈月の可愛らしい机に鎮座していた。

　よく見ればマウスもキーボードもヘッドセットも有名メーカーのお高いやつだ。

　俺は悪いと思いながらも、募る好奇心に打ち勝てずマウスに手を触れた。

　すると、ディスプレイが明るくなり、ゲームのリザルト画面の様なものが表示される。

「は……？」

そこに表示されたのは、俺がここ数年ハマりにハマっているゲーム。ＲＬＲだった。

いや、驚くべきはそこじゃない。

そんなところはどうだってよくなるくらい、文字通り心臓が飛び出るほどの驚くべき情報が、ディスプレイ左上に表示されていた。

「ＡＳ《アジア》サーバー……二位……総合世界ランキング二位……」

そんな……ありえない、だって、世界ランキング二位は、俺の親友の……。

ガチャリ。

背後で音がした。

振り向く。

髪を濡らした奈月が、心底驚いた顔で、こちらを見つめている。

「……お前が、２Ｎさんだったのか……？」

物語は始まる。

ラウンド２　親友《フレンド》の正体

「お前が２Nさん……だったのか……？」

俺が奈月にそう問いかけると、彼女は困ったような顔をして、ぽつりと呟く。

「そ……そんな人、知らない」

「いやこの状況で言い逃れできねーだろ」

俺はリザルト画面に表示された『２N』というハンドルネームを指差してそう応える。

「いや知らないから、本当に知らないから……！」

奈月は額にジワリと汗をにじませ、しどろもどろにそう答えた。

「た……たまたま名前が一緒なだけかもしれないじゃない」

「それはない、ＩＤ《アイディー》まで一緒だからな」

「なんでそんなことわかるのよ！」

「俺は２NさんのＩＤ《アイディー》は暗記しているから」

「えっ……きも……」

汚物を見るような目で俺をにらみつける奈月。若干心に傷を負いながらも、俺は言い返す。

「……事あるごとに服や銃柄をお揃いにしようとするお前に言われたくない」

「はぁ!? たまたまなんですけど!? たまたまなんですけど!?」

奈月は顔を真っ赤にして俺をにらみつける。

キャラの服装をお揃いにしようとする2Nさんの謎習性に反応したあたりほとんど黒なんだけど、俺もまだ奈月が２Ｎさんだなんて信じられないし、確信も持てていないので、さらに追求する。


「で、どうなんだ、本当にお前が２Ｎさんなのか……？」

「……と、というか、なんでアンタが私の部屋に勝手に入ってるのよ！　変態！　死ねば!?」

強引に話を変えようとする彼女に、俺は冷静に理由を説明する。

「俺は珍しく早退したお前の為にプリントを届けに来たんだよ」

「っ……一生の不覚ね。アンタみたいな芋野郎に裏をとられるなんて……」

「芋野郎とか言うな……！　気にしてるんだから……！」

歯を食いしばって頬を真っ赤に染める幼馴染。

さながらオークにえっちなことをされそうになっている姫騎士のようである。

「信じられないぜ、あの優しい２Ｎさんがお前だったなんて……」

言動や俺のあだ名を知っているということは、やはり奈月は２Ｎさんで間違いないらしい。

「はぁ？　べ、べつに優しくなんかしてないし！」

「誕生日にクッソ高い拠点をプレゼントしてくれただろ」

ＲＬＲには、クラン（気の合う仲間や同じ目的を持ったプレイヤー同士が集まったグループのようなもの）というシステムがあり、俺と奈月は同じクランに所属している。

そしてＲＬＲは、ＦＰＳゲーにおいて珍しい、拠点システムというものを採用している。

まぁ簡単に言えば、クランのメンバーで交流できる家の様なものを作ることができるのだ。

くっそ高いけど。

２Ｎ、もとい奈月は、そのくっそ高い拠点を購入し、あまつさえ家具まで揃えてくれたのだ。

メンバーは俺と奈月を入れて二人しかいないのにだ。

「あれは……！　たまたまガチャで当たっただけだから！　勘違いしないでよね！」

「勘違いも何も、お前が『同じチームだから家も一緒にしないとね♡』とか言って買ってくれたんだろ」

「そ、それ以上喋ったら殺すから……っ！」

彼女の尋常じゃない殺意に、俺は背後から銃口を向けられた芋プレイヤーのように動けなかった。

この殺意……！　間違いない！　２Ｎさんだ……！

「そ……そうだわ！　私だって、あなたがSintaro《シンタロー》だって知らなかったし、だから仕方がないのよ！　あなただってわかってればもっと悪辣に、辛辣に、扱ったわ！　ほんと勘違いしないでよね！」

「……お前に俺のハンドルネーム教えたことないよな？　なんで知ってるの？」

「っ!!」

語るに落ちるとはまさにこのことだ。

自ら墓穴を掘った彼女は、また俺を殺す勢いでにらんでいる。

「やっぱりお前が、俺の親友『２Ｎ』さん……なんだな？」

奈月はうつむいた。

そして、少しだけこちらに目配せをして、可愛らしい小さな唇を開く。


「わ……悪い？」


叱られる前の子供の様な顔をして、不安そうな声を出す。

違う、違うんだ奈月。

俺はお前を責めているんじゃない。

俺は……ただ……！


「……ありがとう」

そう言いたかっただけなんだ。

「……え？」

何故か溢れ出る涙をこらえて、俺はなんとか言葉を紡ぐ。

「俺、お前にすっげぇ酷いこと言ったし、したのに、お前はそれでも、俺と一緒に居てくれたんだろ、だから……その……ありがとう……」

俺がＦＰＳにのめり込んだ理由。

それには思い出したくもない過去がある。

現実じゃ、人を傷つける度胸もないし、強くなることもできない。

ＲＬＲの中で上がっていくランキングを見ることで、プレイヤースキルを高めることで、本気で殺し合うことで、俺は過去のトラウマから逃れることができた。

はじめはＦＰＳが、ＲＬＲが好きだったわけじゃなかった。


けれど、２Ｎさんと一緒に遊ぶようになって、それは変わった。


心底楽しそうに俺と戦場を駆け回る２Ｎさんのおかげで、奈月のおかげで、俺は初めてＦＰＳを好きになれたのだ。

「お礼なんて必要ないわ。勘違いしないで」

「……！」

先ほどの不安げな表情は消え失せ、奈月は真剣で、まっすぐな眼差しでこちらを見つめる。

「……じゃあ、お前は何の為に……」

俺は率直な疑問を投げかける。

「決まってるじゃない、アンタより強くなる為よ」

2Nさんのメッセージと、奈月の言葉が繋がる。

俺より強くなることが奈月にとってどんな意味を持つのかはわからないけれど、確固たる決意のようなものを奈月から感じた。

「……2Nさんは……いや、奈月は、もう充分強いだろ。俺なんかよりもキル数多いし、ヘッドショット率もプロゲーマー顔負けだ。戦闘面じゃ逆立ちしたって、俺は奈月に勝てないよ」

そう褒めると、奈月は顔を大きく歪めて、ため息を吐くように答える。

「AS《アジア》サーバー一位、そして世界総合ランキング一位、現世界最強《トップランカー》のアンタに言われても嫌味にしか感じないんだけど」


「うっ」

こっぱずかしい称号を突き付けられ、顔が熱くなる。

め……面と向かって世界最強とか言われるとなんかこう……ムズムズした気持ちになるな。

「今シーズンは、ちょっと調子がいいだけだ……」

「今シーズンも何も、ここ二年はずっと世界ランキング一位じゃない。ほんと気持ち悪い、死ねばいいのに」

「お前は俺を褒めたいのか、それともけなしたいのかどっちだよ！」

「ぶっ殺したいわ」

「オーケー、お前の気持ちはよーくわかった」

　これはアレだな。

　アンタが一位なんて気に入らないわ！　ぶっ殺してやるんだから！

　とか言う理由で奈月はＲＬＲをはじめたのかもしれない。

　殺意だけで世界ランク二位まで上り詰めるとか執念深すぎて引くわ～。

　やいのやいのと言い合いをしていると、ふと、２Ｎさん、もとい奈月から来たメッセージを思い出す。

「そういえば、なんで全国大会行けないんだよ。開催日は夏休みだし、お前部活とかやってないんだから行けるだろ」

「何度も言わせないで、私はアンタより強くなってないでしょ、だから馴れ合うのは無し。私がアンタより強くなったら、遊んであげてもいいわ」

「よく言うぜ。お前俺よりランキングが下でも、毎日二人組《デュオ》の申請送って来てただろ」

「はぁ!?　お、送ってないし！　押し間違えただけだし！　勘違いしたらヘッショなんだからね！」

　勘違いしただけでヘッショ（ヘッドショットの略）を狙うあたり、さすがは理不尽な悪魔《2Nさん》である。

「バレンタインデーにチョコレート柄の手榴弾とかプレゼントしてきたり、クリスマスには二人組で教会に芋ったり、お前って案外俺のこと好きなんじゃね？」

俺がけらけらと笑いながらそう言うと、彼女は顔を真っ赤にして、みたこともないような形相で俺をにらみつける。

「な……奈月さん……？」

やべぇ、無茶苦茶怖い……。

「……頭を思いっきりどこかにぶつければ、記憶ってなくなるわよね」

「な……奈月さん……!?」

奈月は俺の肩をがっしりと掴む。

そして、クソたけぇゲーミングPCの角に俺の頭をゆっくりと確実に近づける。

「ちょ……！　まっ！　死んじゃう！　死んじゃうから!!」

「死んだら死んだでオーケーよ！　それで私が世界最強だわ！」

「お前俺のこと嫌いすぎだろ！」

生死をかけて俺と奈月がもみ合っていると、半分開いた扉から、柔らかな声が聞こえる。

「あらあら、あなたたちいつの間にそんなに仲良くなったの？」

「ママ!?　これは違くて！」

「ちょ！　おまっ！」

皐月さんの声に反応した奈月が、大きく体勢を崩す。奈月ともみ合っていた俺も同様にバランスを崩した。

「いっ……つつ」

何か、柔らかいものが手に……。

「……ひっ！」

いつの間にか、俺は奈月を押し倒し、そして右手でがっしりと奈月の控えめな胸を揉んでしまっていた。「あらあら今日は赤飯ね〜」なんて呑気な皐月さんの声が聞こえる。

「……何か、言うことは？」

底冷えするような奈月の声。

「……大丈夫、俺が使ってるおっぱいマウスパッドよりは厚みがあったぞ」

「……死になさい」

それ以降の記憶は無い。

＊　＊　＊

五月下旬の日曜日。

俺と2Nさん……もとい奈月は、駅前のオシャレなカフェで、ぬるいコーヒーを啜っていた。

やはり日曜日なだけあって、周りは姦しい女の子たちやカップルやらで賑わっている。

俺の服装はジーパンにパーカーという近所のコンビニに行くような格好だけれど、奈月は今流行りのゆるふわニットをベースに、清潔感のあるロングスカート、可愛らしいブーツを履いていた。オシャレに詳しくない俺でも、オシャレっぽいなぁ……と思ってしまうくらいは気合が入っている様だ。

「……それで、大事な話って何よ？」

どこか落ち着きのないような雰囲気で、奈月は大きめのマグカップを口元に当ててそう呟いた。頬を赤らめて、瞳に水気を帯びている彼女は、女の子というより、女といった雰囲気で、とてつもなく妖艶だった。

「今日のお前なんか女っぽいな」

「喧嘩売ってるの？」

「いや……！　綺麗だな……って！　へへっ……！」

「……はじめからそう言えばいいのよ」

暴力を振るおうとしないあたりどうやら地雷を踏みぬかなくて済んだらしい。それどころかちょっぴり嬉しそうだ。まったく、暴力系ヒロインなんて今時流行らないぜ。

「それで？　FPS廃人のアンタが、せっかくの日曜日にこんなオシャレなカフェまで予約して、私を呼び出した理由をはやく説明しなさいよ」

何故か頬を赤らめながら、奈月はもじもじしている。なんだこいつ。トイレに行きたいのか？

「まぁ待ってろって、そろそろ来るから」

「……誰が？」

「ん？　新しいメンバーに決まってるだろ」

「新しいメンバー？」

「『RLR高校生全国大会』を勝ち抜く為のメンバーだよ。今日二人来る」

「はぁ!?　聞いてないんだけど！」

「言ってないからな。言ったらお前絶対来ないだろ」

「当たり前よ！　私は参加する気なんてさらさらないから！」

「うるせぇ！　行こう！」

「お前はどこぞの麦わら帽子か！」

2N《奈月》が参加しないとなると、勝率はかなり下がる。

それだけはなんとか阻止しなければならない。

……それに、俺にはどうしても全国大会を優勝しなければならない理由がある。

お金がないのだ。

五年前、俺は両親を亡くした。それ以降は年の離れた姉が家計を支えてくれている。

俺も奈月も今年で十八歳だ。就職や進学、面倒なことを考えなければいけない時期。

けれど、海外で開催される超高額賞金の公式大会にエントリーできる年齢でもある。

RLRの様なビッグタイトルゲームの公式大会なら、優勝賞金百万ドル（約一億一千万円）

なんてザラだ。日本ではまだそのあたりの法律が整っていなくて、賞金は無かったり少額だったりするけれど、電子競技《eスポーツ》が認知され始め正式なスポーツとして認められつつある昨今、法整備も時間の問題だ。

一億なんてあったら、十年は働かずゲームだけしててもお釣りがくる。

大学に進学したとしても、学費なんて一括で払えてしまう。

今回の大会はその為の布石。

数々のプロゲーミングチームが視察に来るであろう全国大会、あくまでも日本の大会だが規模は日本にとどまらず、海外の強豪チームも特別枠として参加する予定だ。

そんなU18世界大会と呼んでも差し支えないほどの盛り上がりを見せる大会で、圧倒的な力の差を見せつけ、無双し、そして企業やプロチームとコネを作る。

とてつもなくプレイヤー人口が多いRLRなら、当然、実況動画の再生数や大会の視聴率なんかも桁違いに多い。RLRのプロゲーマーがテレビに出演して街ブラロケをしてしまうくらいには人気のゲームなのだ。

全国大会で優勝すれば、名前が売れて動画配信サイトでのチャンネルの再生数も爆上がりだろうし、プロゲーミングチームにスカウトされたり、スポンサーがついて海外の高額賞金の公式大会に参加することも夢じゃない。

日本の高校生RLRプレイヤー二百八十万人の頂点に立てば、プロゲーマーとしてゲーム三昧生活も夢じゃないのだ。

「アンタ、どうしてそんなに日本の全国大会にこだわるの？　現世界一位なのよ？　いまさら高校生大会なんかに参加しても張り合い無いでしょ」

アイスカフェラテを追加注文しながら奈月は俺に疑問をぶつける。

「お前……それはアレだよ、名誉の為とか……そんなんだよ！」

「……嘘ね。また何かしょーもないこと企んでるんでしょ」

じっとりとした視線でにらまれる。

首筋に汗が伝っているのがわかる。昔から奈月のこういった視線は苦手だ。

「しょーもないとはなんだしょーもないとは！　eスポーツは今や世界的に認められている立派な競技なんだぞ！　アレだ！　サッカー選手になりたいとか野球選手になりたいとか！　そういう少年たちとなんら変わりないピュアな心で俺はプロゲーマーを目指してるんだよ！　マジで！」

「……就職活動めんどいからプロゲーマーって言っとけばどうにかなるかな……とか思ってるんじゃない？」

こいつエスパーか？

「……そ、そんなんじゃないしっ！　勘違いしないでよねっ！」

「なにその声、キモいんだけど」

「お前のマネだよ」

「死になさい」

ガンっ！

「いッ！」

嫌な音がした。

机の下で、奈月が俺のすねを蹴り上げたのだ。

こいつのブーツ鉄板でも入ってるんじゃないかってくらい硬いんだけど……！

「まぁアンタの将来なんてどうでもいいけど、そんな浅はかな夢が実現しちゃうくらいの実力があるのがうざいわね」

「えへへ……」

「褒めてないわ、死になさい」

「お前俺に殺意湧きすぎじゃない？」

「当たり前じゃない、アンタを殺す為にゲームをはじめたんだから」

にやりと笑いながら俺に殺害予告をぶちかます幼馴染。

毒を吐かれまくっているとは言え、俺はなんだかんだ奈月との会話を楽しんでいた。

当たり前だ。

五年間も疎遠になっていたのに、ここ一週間は急に距離が近くなったのだ。……まぁ、実際にはゲームの中で一日も欠かさず会っていたんだけど……。

「せんぱぁ〜い、お待たせしましたぁ〜！」

カランカランと、扉が開く音が聞こえて、その後から甘ったるい声が聞こえた。

どうやら新しいメンバーの一人が来たようだ。亜麻色のセミロングの髪の毛を揺らして、お人形さんのような顔をした超絶美少女がこちらに駆け寄ってくる。

「は？　女《メス》？」

周りの温度を二度くらい下げるレベルで冷たい声を出す奈月。

トリカブトレベルで毒を吐きまくる奈月のことだ。俺とのひと時を、他の女に邪魔されて怒っているとかそういうラブコメチックなリアクションじゃないだろう。

おそらく嗅ぎ取ったのだ。

新メンバーの戦闘力を……！

「紹介するぜ奈月、こいつが新メンバー！　チャンネル登録者数百八十万人の超有名動画配信者《ストリーマー》！

『BellK《ベル子》』さんだ！」

「よろしくお願いしまぁ〜す！」

満面の笑みで、可愛らしいワンピースをフリフリさせて、あざとくお辞儀をするベル子さん。

俺と同学年でありながら、その愛らしいルックスと特殊すぎるＦＰＳのスキルを武器に、チャンネル登録者数が爆伸びしている超人気動画配信者だ。

そして密かに俺もファンだ。

触れるもの全てを傷つけるジャックナイフウーマンである奈月とはいえ、流石に初対面の相手を、しかも超有名人を切り刻む様な真似はしないだろう。

「なにこの痛ぃ女」

ダメかぁ～。

「痛いなんてひどいですぅ～ぷんぷん！　ベル子怒りましたよぉ～！」

おっきいお胸をゆっさゆさと揺らしてぷんぷんポーズを披露するベル子ちゃん。

たしかに言動は子供っぽくて痛いけど、お胸は大人っぽくて生唾ものである。チャンネル登録者数が多いのも頷けるボリュームだ。

「おい奈月！　初対面のベル子ちゃんに向かってなんて口の聞き方だよ！　ぷんぷんだぞ！」

「そうですぅ！　ぷんぷんですぅ～！」

もう痛いとかどうでもいい。

ベル子ちゃんの揺れるお胸が見られれば俺はそれでいい。

「シンタロー、幼馴染のよしみで教えてあげる。その女、あまり信用しない方がいいよ」

「なんてこと言うんだ奈月！　ベル子ちゃんはな！　俺みたいな嫌われ者の勧誘を嫌な顔一つせず受けてくれた心優しい人なんだぞ！　今日だって電車で一時間かけてはるばる東京から会いにだな……」

「それが最大の証明になるってなんで気がつかないの？」

「……ん？」

「アンタみたいな嫌われ者に近づくのは余程の物好きか、再生数稼ぎの実況者くらいだって言ってんの」

「そ、そんなことないし！　ベル子ちゃん俺のファンだって言ってたし！」

ベル子ちゃんの方をあわてて見る。

彼女は今までどの動画でも見せたことのないような冷たい表情をしていた。

「……バレちゃいましたか、どっちみちこのキャラ疲れるし、そのうちネタバラシするつもりだったから別にいいんですけど」

「べ……ベル子ちゃん？」

「気安く呼ばないでね、タロイモくん」

「……………ふぇ……？」

満面の笑みなのに、声はびっくりするぐらい冷たい。

あれ？　俺の天使はどこに行った？

「世界最強《トップランカー》であり、かつ他プレイヤーから死ぬほど嫌われているタロイモくんと一緒に大会に出るなんて、とても面白そうだと思いませんか？」

「えっ……ぁっ……」

「タロイモくんは私みたいな超絶美少女と二泊三日で大会に出ることができるし、私は再生数をたんまり稼ぐことができる。ウィンウィンの関係ってまさにこのことですよね」

先ほどまでの舌ったらずな喋り方はどこにいったのか。滑舌よくテキパキ喋るベル子ちゃんを見て、俺は呆気にとられていた。

「コレがこの女の正体ってわけ、わかったならこんなやつチームに入れるのやめときなさい」

「……一応、タロイモくんがチームリーダーですよね？　あなたが決める権利あるんですか？」

「あら、サブリーダーの権限じゃ不服かしら？」

「……そう、あなたがあの有名な2N……ふーん、女だったんですね。だけど2N《あなた》は、タロイモくんから聞く限り、大会参加にはあまり気乗りしていなかったはずでは？」

「……全国大会には参加しない、けれど、アンタは気に入らない。それだけよ」

やだ！　もうやだ！　女怖っ！　怖すぎるっ！

奈月は無表情で、ベル子ちゃんは満面の笑みで、淡々と会話を続ける。

「ま、2Nさんがどう言おうと、あなたが大会に参加しない以上、私が参加せざるを得なくなりますよね。楽しんできますね、タ・ロ・イ・モ・く・ん・と・の・二・泊・三・日・の・公・式・大・会・を」

含みを持たせた言い方で、ベル子ちゃんはにっこり笑う。

その含みに一体どんな意味が込められているのか気になるところではあるけれど、この空気でそれを追求する気にはなれなかった。

「……チッ！」

奈月はびっくりするぐらいの大きな舌打ちをすると、足を組み直す。

そして、次の瞬間、信じられないような一言を口にした。

「……しょうがないから全国大会に参加してあげるわ」

「えっマジで⁉」

「あら、思ったより簡単に釣れるんですね」

あれだけ出場を渋っていたのに、一体何が奈月を変えたのだろう、俺にはまったく理解できなかった。

「…………もうどっちみちバレちゃったし、このバカは約束を覚えてないし、アホらしくなっただけよ」

「……私としてはそのへんの動機はどうでもいいです。あなたみたいなビッグネームがチームに入れば間違いなく動画は伸びますから」

「2N《わたし》が出る以上、これまで通りこのバカと二人組《デュオ》で出場するわ。残念だけれど、あなたの出る幕はないの、わかったらさっさと東京に帰りなさい」

「話のできない人ですね、それはタロイモくんが決めることだってずっと言ってるでしょ？」

「は？」

「あ？」

険悪な空気に終止符を打つべく、俺は意を決して、弾丸飛び交う戦場に飛び込んだ。

「お……俺としては、奈月さんがボイチャを使えるようになって、俺以外とも連携がとれるようになったので……その、チームを組んでいただけると嬉しいんですけど……」

「シンタロー、雑魚は敵の養分になるだけよ、考え直しなさい」

「遠距離しか能の無い芋スナイパーがよく言いますね。どちらが雑魚か、一対一《タイマン》でもすればその足りない脳みそでも理解できるんじゃないですか？」

「は？」

「あ？」

無理でした（笑）

バッチバチに言い合いをしている彼女たちを尻目に、俺は諦めてスマホをつついていると、カランカランと、来店を知らせるベルが鳴った。

暗くなったスマホの液晶に、高身長、金髪碧眼の超絶さわやかイケメンが映る。

どうやら二人目の新メンバーも来たようだ。

「シンタロー、ようやく俺とセッ◯スする気になったのか」

「「「…………」」」

最後のメンバーがとんでもない爆弾発言をしたことにより、ようやく2NとBellKの口喧嘩は終戦を迎えた。

＊　＊　＊

核レベルの爆弾発言をした金髪碧眼さわやかイケメンを、何事も無かったように俺は無言で隣の席に座らせて、目を点にしている彼女たちに紹介する。

「こいつが最後のメンバー、Zirknik《ジルクニフ》だ。こいつ結構有名だし、みんなたぶん名前くらいは知ってるだろ？　気のいいやつなんだ、仲良くしてやってくれ」

「……」

「……」

静寂が訪れる。

気まずい。

三十秒くらいたって、ようやくベル子が口を開く。

「……あの自動小銃の王様《ARキング》が、その……こんな……アレだったとは……知りませんでしたよ」

初対面にも関わらず、ベル子は猫を被っていない。本当に面食らったんだろうな……。

「ガチホモだけど、根はすっげぇいいやつだから、安心してくれ」

ジルは、RLR非公式大会で顔を合わせるうちに、いつの間にか仲良くなった俺の数少ないリアルの友達だ。毎回自信たっぷりに挑んでくるジルを半泣きになるくらいボッコボコにしてたらいつの間にか惚れられていた。

ジル曰く。

『俺の自動小銃《アサルトライフル》を受け止めてくれるのはシンタローしかいない』

だそうだ。

彼が何を言ってるか理解できないだろ？

安心してくれ、俺にもわからない。

「シンタロー、俺もう我慢できない」

「……ジル、落ち着け。お前に俺の貞操をやるなんていつ言ったんだ？」

「こんなオシャレな、カップル御用達のカフェに呼んで、期待するなという方がおかしいだろう？」

何故かびくりと反応する奈月を尻目に、俺はジルにツッコミを入れる。

「お前は思春期の拗らせ男子か。頼むから落ち着け」

「……焦らしプレイか、ふふっ、仕方がない。Sintaro《クイーン》の命令とあらば、聞かないわけにはいかないな」

「いつから俺はお前の女王様になったんだよ」

「Of course《オフコース》、生まれた時からさ」

「寝言は寝て言え」

ジルは見た目完全イギリス人だけれど、生まれも育ちも日本で、英語はまったく喋れない。

たまーに出てくる英単語は、かっこいいから喋っているそうだ。

黙っていた奈月が、視線をゆっくりあげて、ベル子、ジルクニフ、そして俺を見て、ため息を吐くように言葉を漏らす。

「こんなイロモノ集団で本当に優勝狙えるの？」

「……その意見に関しては、私も２Ｎさんに同意です」

「アンタもそのイロモノの一人なんだけど？」

「は？」

「あ？」

「ちょっ！　やめてっ！　仲良くしてっ！」

再びヒートアップしそうなふたりをなんとかなだめる。

……どうやらジルのガチホモ加減は見て見ぬ振りをしてくれるらしい。ありがてぇ。

「チームとして機能するかどうかは、一回、四人組《スクワッド》で試合したほうが早い」

「試合って……ＰＣは家にあるし、どうするのよ」

その質問を待ってましたと言わんばかりに、俺はスマホの液晶をチームのみんなに見せる。

「ＲＬＲの日本におけるｅスポーツ展開が始まってから、運営指定のネットカフェには全国大会で使われるＰＣが設置されてるんだよ。もちろんＲＬＲもダウンロードされてる。しかも、事前に予約すれば四人で個室を使うこともできるらしいんだぜ」

今日予約しているネットカフェの写真を見せると、各々は、おお〜っ、と感嘆の声をあげる。

俺たちがよく見るプロゲーマーのゲーミングルームの様な結構本格的な雰囲気なのだ。

Ｕ１８全国大会は、全国の高校生をひとつの施設に集めて開催される。無論、ひとりひとりのＰＣを運ぶのは手間なので、大会側がＰＣを用意する。つまり、選手たちは普段と違うＰＣ

を使うことになる。まぁヘッドホンやキーボード、マウスは持参してもいいとのことなので、余程のことがない限りプレイに支障はないだろう。

「ヘッドホンやキーボード、マウスを持ってこいと言った理由はコレだったんですね」

ベル子は可愛らしいリュックから黒々とした高価そうな周辺機器をチラリと見せる。

「そういうことだ。大会では普段と違う環境でゲームをすることになる。少しでもそれに近い環境で練習できた方がいいだろ？」

「ちょ、アタシ持ってきてないんだけど」

「奈月のは俺が勝手に持ってきたから安心してくれ」

「何勝手に人の部屋に入ってんのよ！　全然安心できないわよ！」

「シンタロー、浮気か？」

「ジル、お前は静かにしていてくれ、話がややこしくなる」

今日予約した店の情報をスマホで再確認して、俺たちはオシャレなカフェを後にした。

＊　＊　＊

「おお〜っ」

部屋に入った俺たちは、スマホの写真を見た時と同じ様な声をあげた。

黒を基調としたＰＣが、横に四台綺麗に並んでいる。

　少しだけ値段が張ったけど、これだけ良い環境なら文句なしだ。

「公式大会も同じＰＣを使うって言ってましたけど、こんなに高いＰＣを百台以上揃えるなんて、ＲＬＲも太っ腹ですね」

「流石は全世界六億人がプレイしているモンスタータイトルだぜ」

　俺たちは、用意されたＰＣに使い慣れた周辺機器を接続して、ゲームを起動、ログインし、設定を合わせる。

　感度やボタンの位置などは、プレイヤーによって全く違う。マウスを使って視点移動したり、スコープを覗いてエイムを合わせる一人称視点《FPS》では、そういったキーアクションや感度が重要なのだ。仮にいつもと違った感度でプレイしてしまうと、照準が明後日の方向へ向いてしまったり、うまく移動できなかったりする。

「みんな準備できたか？」

「できたわよ」

「できました」

「いつでもイけるぞ」

　みんなの声音がさっきより少しだけ明るい。

　……当たり前か。ここにいる奴らは、性格も性別も外見も全く違う四人だけど、ゲームが死ぬほど大好きだってことはみんな一緒だ。

　ＰＣの画面が見慣れたマップに切り替わる。

俺たちは待機場所から百人が殺し合う島の上空へと飛ばされた。

毎回ランダムに航空する飛行機から飛び降りて、パラシュートを開き、島へと着陸する。

ＲＬＲ最序盤の流れだ。

島の中心部にある市街地は物資や武器が多い分、自然と敵はあつまりやすいし、島の端や、点々と続く小さな小屋の密集地などは、物資が少ない分、敵は少ない。

はじめに降りる位置決めから、もうすで戦いは始まっているのだ。

「どこに降りる？」

「「「中央市街地《セントラルシティ》」」」

「お前ら血気盛んすぎない？」

三人の声は綺麗に重なっていた。

俺たちがプレイしているのは六キロ四方の通常マップ。草原地帯、丘陵地帯、森林地帯、廃屋が集まる市街地など、様々な地形がある。

中央市街地は建物が多く物資も潤沢な代わりに降下してくる敵も多い。敵に勝てれば多くの物資を手に入れられるけどその分接敵回数も多い、そんな街だ。

本来であれば俺みたいな芋プレイヤーは誰も来ないような小さな集落で物資を漁るんだけど、新チームの力試しにはちょうどいいので激戦区降下を承諾する。

降下時点での敵の有無、物資の量など。敵パーティーとの駆け引きは降下地点を決めるこの瞬間から始まっているのだ。

「じゃあ市街地の最北端に降りるぞ、別のパーティと降りる位置が被ったらそのまま少し東にズレてくれ」

各々返事をすると、飛行機から飛び降りる。

いくら上手くても、素手じゃ銃に勝つことはできない。降りる位置が敵と同位置だった場合、先に武器を拾った方が高確率で勝利することになる。敵がわんさかいたとしても、落ち着いて敵のいない区画に降り、まずは装備を整えることが大事なのだ。

各チームのパラシュートが開く。

「敵は？」

そう聞くと、索敵担当のベル子が正確な敵の数を教えてくれた。

「全部で約二十人ほど、五パーティほどですね」

「まぁまぁ多いな」

「肩慣らしにはちょうどいいわ」

「すべてクイーンに捧げる供物にしてやろう」

こんなイロモノ四人組が、本当にチームとして機能するか少し不安だけれど、俺は不思議とワクワクしていた。

「油断するなよ」

初陣がはじまる。

ラウンド３　初陣

バサリと音がした。

役目を終えたパラシュートが地面をこする音だ。

俺たちは、半径一キロほど廃屋が立ち並ぶ、中央市街地に着地する。

「手前の家三軒《さんけん》、漁るぞ」

着地したのもつかの間、俺たちはそれぞれの家に入って物資を漁る。

こういった建物にある銃や物資を手に入れて、装備を整え、戦闘に備えるのはバトルロイヤル系ＦＰＳであるＲＬＲの大きな特徴だろう。

俺は机の上にあったサブマシンガン『Vector』を拾って装備する。得意武器を初手に拾えたのはかなりのアドバンテージだ。

「武器はどうだ？　戦《や》れるか？」

隣同士で座っているにもかかわらず、俺たちはボイスチャットを使って連携を図る。

一人称視点《ＦＰＳ》は、プレイヤーは自分が主人公になったように本人視点からゲーム内世界を見て状況を把握し、操作を行う。その為、屋外にいる敵の場所を知るには足音を聞くしかない。

ヘッドセットを使わずＰＣからそのまま流れる音でプレイすると、索敵の生命線である足音がかなり聞こえにくい。だから隣同士でゲームをしていても、足音を聞く為のヘッドセット、連携を取る為のボイチャは必須なのだ。

「ショットガンあったんでどうにかなります」

「マークスマンライフルとアサルトライフル、上出来ね」

「スナイパーライフルとショットガン、ついでに六倍スコープ、アサルトライフルが欲しい」

各々手短に報告を済ませる。

まだ銃声は聞こえないけれど、この中央市街地に五パーティ、約二十人ほどがいるのだ。なるべく早く物資を揃えて態勢を整えなければ、いくらエイムや立ち回りが上手くたって簡単に殺される。

「了解、じゃあ奈月とジルがアサルトライフルとスナイパーライフル交換で、んでもって奈月は俺のカバー、ベル子とジルで二人組《デュオ》、東回りで一軒一軒索敵してくれ」

「了解です」

「任せろ」

各々の手に入れた武器を報告し、交換。

使用武器の報告は必須だ。

物資を拾う際に、味方が使う弾薬や、銃につけるアタッチメントを補填することができるからだ。武器に専用のアタッチメントをつければ、銃口の跳ね上がりを抑制したり、装填数が増えたり、性能は飛躍的に上昇する。

銃口の跳ね上がりを現実に近づけたＲＬＲでは、銃を相手に当てるだけでも相当な練習が必要だ。ただ引き金を引くだけじゃ発砲時の反動によって銃口が跳ね上がり、弾はばらけ、十メートル先の敵にすらまともに攻撃を当てられない。よって、手動による反動制御《リコイルコントロール》の練習や反動制御器《アタッチメント》を使って反動軽減を図るのはかなり重要なのだ。

「ねぇ」

「マジ？」

「ん」

「サンキュー」

「あれ」

「了解」

「ん」

奈月からサブマシンガンの拡張マガジンを受け取り、俺はスナイパーライフルの消音器《サプレッサー》を渡す。長年やってきたやりとりなので、ボイチャというはじめての要素があってもスムーズに交換を済ませることができた。

「ちょっと待ってください」

ベル子が訝《いぶか》しげな声をあげる。

「ん？　どうしたベル子、敵か？」

「いや敵じゃなくて……なんですかその熟年夫婦みたいな連携は？」

「なんですか……って言われても、いつも通りだけど。なぁ？」

「ん」

奈月に同意を求めると、頬を朱色に染めて眉間にしわを寄せながら短くそう答える。そんなに俺と夫婦って言われるの嫌なんですかね……。

「いやいやおかしいですから、念話でも会得してるんですか、気持ち悪い……とにかく、その夫婦は私たちに理解できる言語で会話するように、情報伝達に齟齬《そご》が発生します」

「ま……！　まだ夫婦じゃないから……！」

ベル子の思わぬツッコミ属性にギャップ萌を感じつつ、俺たちはある程度の物資を揃えることに成功していた。

「おい」

「ん」

「ねぇ」

「おう」

「いやだからそれやめろって、連携とれねーから」

「……ベル子、敬語キャラ忘れてるぞ」

「……こほん、失礼しました」

とまぁ、そんなこんなですったもんだしていると、南の方から銃声が聞こえてきた。

たぶん銃種はアサルトライフルとショットガンだろうか。

「南方から銃声、距離は八百、銃種はＭ４１６とＡＫＭとＳ６８６です。たぶん、奥の赤いマンションにいるかと」

「……相変わらずとんでもない耳の良さだな」

「コレが私の生命線なので」

「デタラメ言ってるんじゃないでしょうね」

「嘘だと思うなら奥の赤いマンションの三階の窓をスコープでのぞいて見てください」

自慢げにそう言うベル子。

彼女が涼しげにやってのけた、銃の発砲音の大きさ、数、そして種類を見極める能力はチートと言ってもいいほど有用なプレイヤースキルだ。

何度も言うようにＦＰＳでの敵の発見方法は、主に視認か音を聞くこと。自動的にマップに敵の位置は表示されたりしない。

ベル子はその音を使って索敵している。

ＲＬＲでは、武器の発砲音や響き方などを限界まで現実と近づけている為、屋内での発砲音と、屋外での発砲音は響き方に違いが出る。……らしい。

強いプレイヤーなら足音を聞いて敵の位置を把握したり、発砲音で銃種を判別したりするのは当たり前だけど、ベル子ほど距離やら建物やら数やらを正確に言い当てるのは至難の技と言ってもいい。このゲームを何千時間とやっている俺でさえ、音を聞く索敵ではベル子の足元にも及ばない。

実際、ベル子が人気配信者になったキッカケの動画は、聞き耳スキルの解説動画だった。

聞き耳、もとい索敵スキルがいかに有用かはすぐにわかるだろう。

奈月がスコープを覗きながら、ボソリと呟く。

「……本当にいたわ」

「抜いていいぞ」

「ん」

スナイパーライフル kar98k の重たい銃声が二回、中央市街地に轟く。

「二人抜いた」

「……早すぎるだろ」

「こ、これくらいいつもやってることでしょ」

恥ずかしそうな奈月のセリフと同時に、画面右端のキルログに二名の犠牲者が表示された。

即死部位に弾が当たれば気絶《ダウン》する間も無く即死する。対して腕や足など、そういったダメージの軽い部位でＨＰを削りきられた場合は例外で、仲間が近くにいれば復活させてもらうことができる。

まぁ簡単に言えば、防御力の高いヘルメットを装備していない状態で、頭に当たれば即死ということだ。

先ほどの攻撃は、ベル子の人外級の索敵と、豆粒ほどしか見えない敵の頭に初弾を当てる理不尽すぎる奈月のエイム力が可能にした遠距離からの一方的な奇襲攻撃。

俺ならそもそも敵の位置を正確に把握することができないし、運よく見えたとしても狙いを定めるのに時間がかかりすぎて敵が隠れてしまう。

常に警戒していなきゃ、初見でこの攻撃をかわせるプレイヤーなんていない。

「銃声で位置バレしただろうからジルとベル子の方へ寄るぞ」

「了解」

ものの数秒でマンションの小窓から敵二人のヘッドを抜く奈月のエイム力と、ベル子の索敵能力を組み合わせればとんでもないことになるだろうなとは思っていたけれど、まさかここまでとはな。……マジでチートを疑われるレベルで強い。

「まぁまぁやるじゃないウサギ女」

「2Nさんの変態スナイプを見せられた後に褒められても嫌味にしか感じないですけどね」

「は？」

「あ？」

……もう少し仲良くしてくれたら言うこと無いんだけどなぁ……。

＊　＊　＊

その後もベル子の索敵スキルを駆使して危なげなくキルを取っていく。

いつの間にか中央市街地からは一発も銃声は聞こえなくなっていた。

「キル数確認とるぞー」

「6」

「1です」

「5だ」

「俺のキル数も含めて全部で十六。キルログ見た感じ、他四人もたぶん中央市街地で死んでる。ほとんどの敵はやったはずだけど、まだどっかに芋っている可能性もあるから気をつけろよ」

各々返事をして、物資を漁る。

物資が潤沢な中央市街地を制圧できたのはかなり大きなアドバンテージだ。

……けれどまだまだ油断できない。

ポジションを確保しても、ラウンドごとにランダムに設定された安全地帯外はどんどん毒ガスに侵食されていき、時間が経てば経つほど、生存可能区域が狭まる。

この安全地帯、通称『安地《あんち》』の場所を確認して、有利なポジションを取ることは最終的な勝利の為にかなり重要な要素になる。

「次の安地収縮まで、中央市街地で待機な」

「ん」

「了解です」

「とりあえず俺はクイーンの尻《バック》をカバーしに行くぞ」

「いやもう俺の尻を攻めるような敵はいないから、むしろお前が敵だから」

「まったく、恥ずかしがり屋さんめ」

一軒屋の二階で、俺とジルが貞操をかけた尻《バック》の取り合いをしていると、ベル子が冷ややかな声をあげる。

「……残念ながら、安地は外れみたいですね」

俺たちがいる中央市街地から、かなり北のほうの山上に安地は移動した。

安地が現在地から遠くなればなるほど、移動距離が増えれば増えるほど、敵と不利な状況で出くわす可能性が高くなる。次の収縮が始まれば、俺たちのいる中央市街地は毒ガスに飲まれることになるので、危険な山上に向けてハイリスク覚悟で進まなければならないのだ。

「山上から撃ち下ろされたら面倒だな……車で突っ込むか」

「突っ込む？」

「ジル、落ち着け」

「それが良さそうね、車まわすわよ」

奈月が中央の道路に車をまわしてそれに乗り込む。運転はベル子、車からの狙撃が苦手な俺は助手席、チームの最高火力であるジルと奈月が後部座席だ。

「目的地は？」

「山上の白い小屋で」

「了解です」

見晴らしの良い野山を、時速八十キロで駆け抜ける。

するとすぐさま、カンカンと音をたてて車の側面に敵からの銃撃が当たる。

予想通り山上に敵が陣取っていたようだ。

「北東、百メートル先の木の裏。数は一です」

「ジル、頼んだ」

「クイーンの頼みとあらば」

ウザいくらいのイケボでそう呟くと、ジルはアサルトライフル『ＡＫＭ』を車外へ構え、引き金を引いた。

薬莢が爆ぜ、７．６２ｍｍ弾が重たい音を奏でながら閃光のように飛んでいく。

反動の少ない単発射撃ではなく、反動の大きな連続射撃《フルオート》。普通なら二十メートル先の敵にも当てるのに苦労するんだけど……。

「フッ……俺《キング》のSintaro《ラプンツェル》に手をだすとは……命知らずなやつらだ」

三秒もすると、キルログに先ほど攻撃してきたプレイヤーの名前が記録された。

「牽制のつもりで撃って欲しかっただけなんだけど……なんでキルとれんだよ……」

ガッタガタ揺れる車内から百メートル先の敵を、ＡＫＭフルオートでキルをとれるのは国内でジルくらいだろう。本当に気持ち悪いくらいの反動制御《リコイルコントロール》である。

ただでさえ反動が強いアサルトライフルを完璧に制御しつつ、揺れる車内でもエイムを合わせ続ける。言葉にすれば簡単に聞こえるかもしれないけど、それを行使するにはあまりにも膨大な技術が必要だ。

敵との距離、車の速度、銃種による弾速の計算。暴れ続ける照準の制御。さらには揺れる車内からそれを行わなければならない。

反動をひとつ制御するのも一苦労なのに、揺れる車内も合わさって、照準のブレ、反動の方向は無数に増える。その反動を感覚や目視で全て理解し、マウスをミリ単位で反動の方向と真逆に動かす。どんなに不利な状況でも、どんなに体を晒していても、どんなにムーブが悪くても、圧倒的な反動制御。圧倒的な集弾率で瞬く間に敵を溶かす。

アサルトライフルのすべてを支配し、完璧に使いこなすスキル。

そんな彼についた異名が。

「流石は自動小銃の王様《ARキング》。今日の反動制御《リココン》も変態だ」

２Ｎが遠距離最強の砲台《タレット》なら、Zirknikは中近距離最強の前衛《アタッカー》。

これに全方位索敵チートの斥候《スカウト》、ベル子まで加われば向かうところ敵なしだ。

「クイーン、報酬は体で頼む」

「お前は歪みねぇな」

「一途な男と呼んでくれ」

いろんな意味でいつも通りなジルを尻目に、俺たちは山上の小屋にたどり着いた。

安地のサークルも小さくなり、ゲームも終盤。そして残り人数は全員で八人。俺たちのチームを引けば、実質敵は四人になる。

「おそらく、道路を挟んで向かい側のマンションに、1パーティいると思われます」

「……了解」

マンションを目視で確認すると、チラチラとこちらを窺う二つの頭が見えた。

南側《こちら》に敵はいないし、マンションがある北側から銃声も聞こえない。

どうやら最後に残ったチームも、誰一人欠けることなく北側のマンションに立てこもっているらしい。

「どうします？　安地も向こう側のマンションの方に寄ってますし、かなり不利ですけど」

安地が向こう側に設定された以上、俺たちは遮蔽物《しゃへいぶつ》のない道路を渡って向かい側のマンションに行かなければならない。

「ここは最善手で行くべきね」

「……何か考えがあるみたいですね」

珍しく奈月が作戦を提案するようだ。

「シンタロー、マンションに突貫して皆殺しにしてきなさい」

「お前無茶苦茶言うなよ……」

「あら、現世界最強《トップランカー》に見せ場を設けてあげたのよ？　感謝しなさい」

そういうと、奈月はスナイパーライフルを構えて引き金を引く。

敵がマンションの側に停めていた車が爆発した。容赦ねぇ……。

「ほら、敵は引きつけておくから。早くして」

「……了解。死んでも文句言うなよ」

「アンタの戦績が下がるのは願ったり叶ったりね」

「決めた、ぜってー死んでやらねぇからな」

俺は陽動の為に、進行方向とは別方向に手榴弾を二個ほど投げる。

少しでも敵の注意が散漫になれば僥倖《ぎょうこう》だ。

「ベル子、ジル、マンションの窓から敵が顔を見せたら速攻フルオートで牽制ね。当たらなくてもいいから敵に索敵させないで。シンタローをなんとしてでも敵マンションに送り込むのよ」

「……タロイモくんとはいえ、流石に四人相手は無理があるんじゃ……せめて私が一緒に」

「アンタ、有名配信者の癖にシンタローのこと何も知らないのね」

「……知ってますよ。世界最強の芋プレイヤーですよね」

「芋……ね。嫉妬に駆られた雑魚がそう呼んでるみたいだけど、私はそうは思わない。ただの芋で世界一位になれるほど、ＲＬＲ《このゲーム》は甘くないわ」

奈月は何故か自慢げに、高慢に呟く。

それと同時に俺はマンションに侵入することに成功した。

あまりハードルを上げるなよ……これで普通に死んだらすっごい気まずい空気になるだろ……。

「ヘッドセットを外しなさい」

「えっ……でもまだゲームは……」

「終わってるわ。シンタローが屋内戦を始めた時点でね。いい機会だわ、見せてもらいなさいよ。世界最強の芋ムーブを」

奈月とベル子はヘッドセットを外して、俺の背後からゲーム画面を覗いている。

ちなみにジルは、俺がマンションの扉を開けた時点でヘッドセットを外して、俺の肩ごしに画面を見ている。ちょっと顔近くない？

「はぁ……死んでも文句言うなよ」

俺はヘッドセットの音量を上げて、画面に向き直る。

ここからは、ブーツのゴムが磨り減る音でさえ、マガジンが床に落ちる音でさえ、聞き逃せない。

文字通り最終局面が始まる。

＊　＊　＊

マンションに入った俺は、扉の隣で足を止めて、耳を澄ませる。

「……屋上に一人、三階に二人、二階に一人だな」

ベル子ほどじゃないけれど、俺も足音を聞くのは得意な方だ。屋内限定だけど。

「……」

物音を立てずにじっと聞き耳を立てる。敵はまだ、奈月たちが潜伏している場所を警戒しているようだ。同じ場所で足音がずっと鳴っている。

「うし、ここまでアドバンテージがあれば、全員殺れるな」

「……アドバンテージ？　まだ敵は一人も減ってないですよ？」

ベル子の声がヘッドホン越しに微かに聞こえたので、返答する。

「敵が全員上の階に居て、下にいる敵に無警戒な状態なら簡単に連携を壊せるってことだ」

俺は、一階の部屋の隅、丁度ドアの隣に中腰で待機する。

そのままインベントリを開いて、投げナイフを装備する。

「投げナイフなんてネタ武器、何に使うんですか……」

「いいから黙って見てなさい」

「ここからがシンタローの真骨頂というやつだ」

後ろで仲間たちが珍しく俺をヨイショしてくれているので、失敗は許されない。

投げナイフで正面にあるガラスを割る。

パリィン！　と大きな音が鳴った。

上の階で慌ただしく足音が鳴りはじめる。

敵は外から奈月たちに狙い撃ちされていると意識しているはず。だから二階から外へ飛び降りて一階まで来ることはおそらくない。敵は九割方、階段から一階まで降りて来るはず。

そしてこのドアを、銃を構えながらゆっくりと開けるはずだ。

トン、トン、トン、と、階段をゆっくり降りてくる音が聞こえる。

足音の数は一人。敵パーティーはなかなか慎重派。とりあえず一人を確認に寄越して、残り三人は屋上と三階で外を警戒しているのだろう。

「けれど、今回はその慎重さのせいで全滅することになる」

どんな最強のプレイヤーでも、ちょっとうまい相手と一対二で撃ち合えば必ず負ける。当たり前だ。弾の数が、ダメージが二倍になるのだ。勝てるわけがない。

だから、射線が一つになるよう、一対一になるよう立ち回る。まぁ今回は相手自ら一対一《タイマン》を望んでくれているのだからありがたい。

一度死んだら終わりのゲームで、どちらか片方死んでもいいから突撃するというのは中々勇気がいることなのだ。

銃を持ち替え、腰に装備していた最強の近接武器、フライパンを装備する。

ドアがゆっくりと開いた。

俺は計算通り、一歩も動かず、開いたドアの死角に隠れる。芋プレイヤー御用達のドア待ちという戦術だ。

そして、ショットガンの先端が見えた瞬間ドアを飛び越え、空中から最強の近接武器で襲いかかる。

パコンっ！　と小さく間抜けな音がした。

敵がこちらに気付く暇もなく、フライパンで頭を殴って一撃でキルを入れる。オーバーダメージで、敵は気絶《ダウン》せず即死。

これはＲＬＲ七不思議の一つ『スナイパーライフルの銃弾一発と、フライパンの一撃の威力は何故か同じ』を利用したキルだ。

「ふ……フライパンでヘッドショット決めた人、現実《リアル》で初めて見ました……」

ベル子が驚いているのを見て、俺は少し得意気になるけれど、すぐに気を引き締める。

「最初のひとりは、殺せて当然。次は慌てて二人で突っ込んでくる可能性が高い。数的不利を覆す為にはまた布石をうたなきゃいけない」

インベントリを開いて、大量の投擲物《とうてきぶつ》を準備する。手榴弾や閃光弾や発煙弾、火炎瓶などだ。

「うわっ……なんで手榴弾十一個も持ってるんですか……」

「回復アイテムや武器そっちのけで投げ物を拾いまくるシンタローの悪癖《あくへき》よ」

「だからサブマシンガン一丁しか装備していないんですね……気持ち悪っ」

「気持ち悪くねーし!?　手榴弾めちゃくちゃ使えるんだからな！」

手榴弾の為なら大切な弾薬を捨ててるほど俺は手榴弾を重宝している。雷管を抜いてから時間差で起爆するこいつは、攻撃の手数を何倍にも増やすことができるからだ。

……それに、もっと別の使い方もできる。

耳を澄ませると、二つの足音が二階踊り場のあたりで右往左往していた。……やっぱり、下の階からの攻撃は予想外だったみたいだな。

敵がこれだけ慌てているのには理由がある。

気絶《ダウン》する暇もなく即死キルされた場合は、一瞬で画面が切り替わり、味方のプレイ画面になる。キルログにも、死んだことは書かれるけど、殺された武器の種類は書かれない。

つまり背後から音もなく即死キルをとられた場合は、現実と同様、自分がどうやって殺されたのかもわからないのだ。

今頃二階では『消音器《サプレッサー》持ちのスナイパーに、音も聞こえないくらいの長距離で抜かれた！』なーんてやりとりをしているに違いない。こんな近接武器でやられることなんて滅多に無いからな。

そのまごついている時間が俺の勝率をさらに引き上げる。

開いた扉から一階の階段の手すりに向かって手榴弾を二つ、発煙弾一つを投げる。

手すりから壁へ、そして二階へと手榴弾と発煙弾は転がっていく。

「えっ……手榴弾が二階に転がったんですけど……物理演算無視してません……？」

「無視なんかしてないわ。これは立派なシンタローの技術よ」

「技術……？　運良く手すりや壁にあたっただけじゃないんですか？」

「手榴弾や発煙弾の飛距離、転がる距離、壁にぶつかった時の跳ね方、シンタローはトレーニングモードですべて検証して、なおかつその動きを暗記してるのよ」

「えっ……きもっ……」

「敵と撃ち合わずに勝つ方法を考えすぎるあまり、シンタローは投げ物を極めた。芋プレイもここまでくれば立派よね」

「お前ら……俺を褒めたいのか貶したいのかどっちだよ……」

背後からの口撃に心を痛めながらも、俺はすぐさま駆け出す。

まずはじめに、起動までの時間が短い発煙弾からスモークが焚かれ始め、二階踊り場を真っ白にする。敵は何か投擲物が飛んできた時点で二階の奥の部屋に待避している。手榴弾で二人とも気絶をとられれば目も当てられないからな。

俺は煙で真っ白な階段を駆け上がり、三階まで一気に到達する。

そして俺が走った後を丁度手榴弾が爆発する。もちろん起爆時間は計算済み。ダメージは少し食らったけど、自分の足音のほとんどを爆音で消すことに成功した。

一番ヤバいのはまだ動きをあまり見せていない屋上にいた敵が三階の階段で芋っている場合なんだけど、足音を聞く限り奈月とジルのさっきの狙撃に首ったけで、下に降りてくる気配が無い。

ともあれ、敵に知られることなく、三階の小部屋に到達。

「まったく敵に情報を与えず、チームを完璧に撹乱《かくらん》してますね……」

「この変則的なムーブで殺された相手は、まぁまずはじめにチートを疑うわね。手榴弾を手すりに当てて二階まで飛ばしたり、フライパンで即死キルなんて並大抵のプレイヤーじゃ不可能よ」

……そういやチートを疑われすぎて二回くらいアカウントＢＡＮされたこともあったな……

泣きながら運営に電話して復活させてもらったけど……。

「こっからは簡単なお仕事だぜ」

敵が無警戒の三階に到達した時点で、下にいる二人は死んだも同然。

俺は数少ない回復アイテムを使いながら、敵の足音を聞く。

下の敵二人は味方の死体の方へ行き、屋上にいた敵は手榴弾の音を聞いて流石に不味いと思ったのか、屋上から下へ降りてきている。

今現在、敵三人が共有している情報は『一階に手榴弾と発煙弾を投げてきた敵がいる』。

しかし、実際に俺が芋っているのは三階階段前の踊り場。

情報の食い違いは、意識外からの攻撃を可能にし、敵のエイムを鈍らせ、正確な情報を持っている俺に有利に働く。

「ここが一番おいしいポジションだ」

階段から降りてくる敵が手すりからちょうど見える場所に息を潜める。

案の定、屋上にいたであろう敵は一階の味方のカバーに向かうべく、速足で階段を下りてきた。

銃も構えず、無防備に。

「悪いな」

そう短く吐き捨てて、無軽快な敵のどてっぱらに無数の弾丸を叩き込む。

敵は何の抵抗もできず気絶《ダウン》。当然の結果。一階に敵がいると確信していたのに、全く警戒していない場所から攻撃されたのだ。

すぐさまフライパンを装備し、気絶している敵の頭をぶん殴って確殺をとる。

「い……一切妥協のないガン待ち……しかも弾を無駄にしない為に近接武器で確殺をとる徹底ぶり……やられた相手は怒りで発狂しそうですね……」

「し、仕方ないだろ！　投げ物持ちすぎて弾が無いんだからっ！」

ベル子の呆れたような声に早口で返答して、俺はさっきの手榴弾で割れた扉から外へ飛び降りる。

「三階から!?　だいぶダメージくらいますよ!?」

「安心しろ。ギリギリ死なない計算だ」

ＨＰバーが短く真っ赤になるけど、なんとか持ちこたえる。

もちろんラッキーで死ななかったわけじゃない。

高所からの落下ダメージもトレーニングモードで検証済みだ。

そのまま一歩も動かずに、マンション外の一階の窓から上半身だけを傾ける態勢……リーンで室内を覗く。予想通り、一階にいた敵二人はドアの方から二階の様子を窺っていたので、ＳＭＧ《サブマシンガン》で一気に奇襲する。

激しく舞う血しぶき。

平原に佇む古びたマンションに小気味良い音が鳴り響いた。

「……なんとか勝ったな」

サブマシンガンvector《ベクター》フルカスタムのフルオートに耐えられる防具なんてあるはずもなく、敵二人は一瞬で肉塊と化した。

使えるものをすべて使って一対一の状況、有利な状況を作る。それが俺の数少ない強み『立ち回り』だ。

「う……うわぁ……」

「な、なんだよその反応……」

初戦から最後の勝利者《ラストウィナー》を獲ったと言うのに、ベル子は眉間にしわを寄せて、苦虫を噛み潰したような顔をしていた。

「た……確かに強いムーブでしたけど……容赦がなさ過ぎて引きます……」

「味方で本当に良かったと心の底から思えるエグいプレイング。流石はシンタロー、計算されすぎて逆に気持ち悪いわ」

「サディスティックなシンタロー。俺は嫌いじゃないぞ？」

「えっ？　俺勝ったんだよね？　何でこんなにディスられてんの……？」

新チームの記念すべき初陣は、合計キル数２６という圧倒的な戦績を残し、完全勝利に終わった。

ラウンド4　金剛の裁定者

今日借りているゲーミングルームの使用時間はまだある。

俺たちは記念すべき初勝利からさらに野良マッチを回し、連勝し続けている。

遠距離は奈月がカバーし、中距離はジルが無双する。

……そして近距離は。

「ベル子！　敵の位置は!?」

「北東の廃墟、距離は十六メートル。数は３です！」

「オーケー！　手榴弾入れるぞ！」

ベル子の人外級の索敵を駆使し、敵の位置をセンチ単位で把握。

あとは俺が手榴弾を放り込む簡単なお仕事だ。

雷管を抜いて廃墟に入った瞬間に起爆するよう調整した手榴弾は、タイムラグ無しで爆ぜる。

「敵、二人とも確殺。タロイモくんナイスグレです！」

「ほとんどベル子の索敵のおかげだろ……俺は何もやってねえよ」

俺みたいな近距離でしか戦えない芋にとって、足音の聞こえる範囲すべての敵を正確に割り出すベル子のスキルは、本当に喉から手が出るほど欲しい代物だった。

彼女がいれば俺は屋内戦では絶対に負けないだろう。そう言い切れるぐらい、ベル子のスキルと俺のプレイスタイルは相性が良かった。

「ふふっ！　一回の索敵につき百円でいいですよ？」

「安いな、とりあえず三年分くらい買うわ」

「も、もう！　冗談です！　……たしかに私の索敵が神っているのは事実ですけど、あんな小さな小窓にグレネードを放り込めるのタロイモくんぐらいですよ？　私ひとりじゃここまでキルできませんから……さすがは、世界最強《トップランカー》です」

「っ⁉」

隣の席に座っていたベル子は、大きな胸をぬさっと揺らして、俺のクマだらけの目をのぞき込む。

あ、あざとい……！

自分の魅力を最大限に生かし、男心を完全掌握しているそんな動き《ムーブ》。

ベル子はわかってやってるんだ……！　俺にだけ特別というわけじゃない……！　しかしデカい！　エロい！

彼女は意識的にやっていると頭では理解していても、自然と視線《エイム》は彼女の胸に吸い寄せられてしまう。これがニュートンが発見した万乳引力の法則……っ。なるほど抗えない……！

「おい」

底冷えするような声が、左側の席から聞こえた。

ゆっくりと振り向くと、今日合計三十キルと絶好調な2Nさんが殺意むき出しで俺をにらみつけていた。

「まだゲームは終わってないのよ……？　どこにエイム合わせてんの？　頭ぶち抜かれたいの？」

「す……すみません……すぐに索敵してポジション確保します……！」

声の抑揚は平坦で表情は無表情。

奈月さんは今までに見たことがないくらいブチギレていらっしゃった。

抵抗すれば奈月さんの機嫌はさらに悪くなり、ヘッショされてしまうのは火を見るより明らか。俺みたいなクソ芋プレイヤーにできるのは速やかな謝罪と、これ以上奈月さんの機嫌を損ねないように黙々とゲームをプレイすることだけだった。

「あれれ？　奈月さんまさか嫉妬しちゃいました？」

甘ったるい声が、ゲーミングルームに響く。

「は？」

「だから、嫉妬してるんですか？　って聞いてるんです。タロイモくんの隣を奪われて、内心穏やかじゃないんでしょ？」

ふふーん！　と、どや顔をかます超人気配信者。

こいつ……！　命が惜しくないのか……!?

「実際奈月さんとデュオ組んでる時よりもタロイモくんキルとってますし、近距離戦なら奈月さんより索敵が圧倒的にうまい私の方がタロイモくんをサポートできると思うんです」

「……わ……私が嫉妬……？　こんなクソ芋の為に……？」

奈月は、顔を真っ赤にしてベル子をにらみつける。

「屋内戦特化のガン待ちコンビ……ふふっ、かなり再生数伸びそうです。タロイモくんどうですか？　今度私と一緒に二人組《デュオ》の大会に出ませんか？」

「い、いやでも俺には2Nさんが……！　それにチームの活動もあるし……！」

「オフラインの大会に出れば一泊二日のお泊りですよ……？　もちろん二人っきりです。私は再生数が稼げるし、タロイモくんは私みたいな超がつくほどの美少女と一つ屋根の下……悪い話じゃないでしょ？」

「ひ……一つ屋根の下……！」

彼女はまたもやたわわに実ったパイオツを動かし、俺の意識と視線《エイム》を引き付けようとしてくる。

確かにベル子は奈月に負けず劣らずの美少女。そんな彼女と一つ屋根の下。

この提案に魅力を感じない男は男じゃない……！　いやしかし、この提案に乗れば俺の頭に風穴が開いてしまうことは確実……っ！　どうすればいいんだ……っ！

死かおっぱいか脳内で天秤にかけていると、フードを勢いよく引っ張られる。

「し、シンタローから離れなさいっ！　この淫乱ウサギ！」

「へぶっ！」

奈月は俺の頭を抱きかかえ椅子から引きずり下ろす。

後頭部に柔らかい感触が…………ないな。南無三。

「あらあら奈月さん。そんなにタロイモくんが私にとられるのが嫌なんですか？　お可愛いですね」

「はぁ!?　別にこんなクソ芋野郎の為に怒ってるわけじゃないし!?　私にも……その……この馬鹿と戦ってきたプライド的な何かがあるだけだし！　何より一番付き合いが長いし……っ！勘違いしたらヘッショなんだからっ！」

奈月の『付き合いが長い』というセリフを聞いて、ベル子の目の色が変わる。

「奈月さんに一つ忠告しておきますけど……プライドや付き合いの長さなんて、ことＦＰＳにおいては何の役にも立たないですからね？」

「っ！」

ベル子の冷たい言葉を聞いた途端、奈月の体が硬直する。

ちょ……これ首締まってない……？

「タロイモくんの隣を狙うプレイヤーはごまんといます。ＲＬＲ世界最強という称号はそれだけの価値がある。お金になるんです。……幼馴染って理由だけでタロイモくんを意図的に独りぼっちにして縛り付けておくなんて、理・不・尽ですよ？」

首が締まり窒息しかけている俺を放っておいて、彼女たちは何やらシリアスな空気を醸し出している。

「そんなのわかってる……だから私は……もっと強くならなきゃ……っ！」

奈月が何やらぼそぼそ言っているが、生命の危機にさらされている俺には何も聞こえない。

や……やばい、まじで意識が……！


「そこまでにしておくんだ子猫《キティーズ》たち」


ジルの制止により、奈月の拘束が若干緩まる。

「どうやら敵のようですね」

俺には何も聞こえないけれど、ベル子には何か聞こえたようだ。

先ほどまでの不穏な空気は消え失せ、彼女はＰＣに向き直る。奈月も同様だ。

「そのようだ。クイーン指示《オーダー》を頼む」

「げほ……っ！　と、とにかく今はこのラウンドに集中だ……！　敵もまだ生き残って
……あれ？　あと一人しかいないんだけど……」

「なにやら取り込み中だったのだろう？　少し減らしておいた」

「少しって……十人くらい生き残ってただろ……」

俺たちがいるのは平原にぽつぽつとある集落のひとつ。マップを見ると、その俺たちがいる
廃墟を中心に安地は形成されていた。

ゲーミングルームの使用時間を鑑みて、このラウンドがおそらく最後のラウンドになる。

奈月とベル子が何やらギスっているけど、終わりよければすべてよし。

今日全勝して、チームとして組めばお互いに利益があると理解すれば、彼女たちももう少し仲良くなるだろう。……そう信じたい。

「敵はおそらく、南方向の三階建てマンション。ジルの射線が通らないのはそこだけだ。四人いる状態で負けるとは思えないけど、油断するなよ」

そう言って、物陰からマンションを覗いた瞬間。

肩を撃ち抜かれる。

「は？」

あまりにも速い狙撃に、頭が真っ白になる。

「シンタロー！　上！」

「ッ！」

奈月の声で正気をとりもどし、俺はすぐさま物陰に隠れた。

「敵は屋上か……顔出して一秒もたたず当てられた、かなり強いぞ」

「私とジルがけん制する、シンタローは回復を」

「すまん、頼む」

距離はおよそ百五十メートルほど、俺の位置を予測してエイムを置いていたのだろう。じゃなきゃあの速度で狙撃を当てられるなんておかしい。

「見てるから詰めて」

奈月は短くそう言ってスコープをのぞき込む。

奈月とジルがけん制している間に平地の起伏を利用して距離を詰め、俺とベル子でケリをつける。今日幾度となく行ってきた、俺たちの勝利の方程式。

「さぁ、終わりにするぞ」

回復を終え、立ち上がり、走り出す。奈月が見ているなら距離を詰めるなんて朝飯前だ。

敵が俺を撃とうとすれば、アジア最強のスナイパーに頭を晒すことになるし、頭を晒さず芋れば、俺やベル子と不利な状況で屋内戦を強いられる。

数的有利は覆らない。このまま一気に勝負を決める。

起伏を利用して二人で距離を詰めていると、ガションと、スナイパーライフルＭ２４の鈍い音が聞こえた。

「なっ⁉」

今日初めて聞く奈月の動揺した声。

そして初めて見る、彼女の真っ赤なＨＰバー。

「奈月⁉　大丈夫か⁉」

スナイパーライフルの撃ち合いで、奈月が……２Ｎさんが先に弾を当てられるなんてめったにない。

「し……シンタロー……あのスキン、あの赤い目……まさか……！」

驚いた様な、怯えた様な声が聞こえた。

俺は走りながら屋上にいる敵の容姿を視認する。

「……嘘だろ……！」

真っ白な軍服に、純白のＭ２４。

そして深紅の瞳。

俺はそのプレイヤーを見たことがあった。

動画サイトに投稿されたプレイ動画は死ぬほど人気で、海外の公式大会でも必ずと言っていいほど名前がランキングに載る。

俺も彼のプレイングを何度も参考にした。

率直な疑問が、緊張のあまり閉めていた喉をこじ開けて、漏れる。

「なんでＡＳ《アジア》サーバーの野良マッチに、ＮＡ《北米》サーバー最強の狙撃手がいるんだよ……！」

ＦＰＳの本場、北米で、最も優れた狙撃手と名高い世界最強のキルマシーン。

Diamond《ダイアモンド》 ruler《ルーラー》
そんなとんでもない怪物と、どうやら俺は野良マッチで遭遇してしまったようだ。

＊　＊　＊

北米サーバー最強の狙撃手が、なんでわざわざPCの日付と時刻を変えてまでアジアサーバーにいるのかわからないけど、勝利を目指す以上、最強だろうが怪物だろうが倒すしかない。

安地収縮が終わり、次の安地が表示される。

結果は最悪。

俺たちの集落は安地外になり、代わりにルーラーの居るマンションが安地の中心になった。

こうなってしまえば芋るという選択はできない。何とか距離を詰め、決着をつけるしかなくなった。

「奈月、ベル子、ジル。油断するなよ……相手は一人でも、俺たちを皆殺しにできるほどのスキルを持ってる」

「……了解」

「ルーラーが相手なんて最高の動画のネタになりそうですね！」

「奈月が回復している間、代わりに俺が砲台《タレット》を務める。クイーンとベル子は早く距離を詰めてくれ」

「了解」

二人で速攻でマンションに詰める。

「悪いが、最後も勝利で決めさせてもらう」

けん制の為に、手榴弾を屋上に投げ込む。

「ひゃ……百メートルくらいあるんですけど、手榴弾届くんですか……？」

「届く。上向き四十五度、走りながら投擲する瞬間にジャンプすればな」

ルーラーは手榴弾の転がる音を聞いた途端、身をひるがえし屋上から飛び降りた。

「本当に届いてる……きも……」

「息を吐くように罵倒すんのやめてくんない？」

流石の北米最強も、ジルの射線を気にしながら俺たち二人の接近をカバーする余裕はないだろう。

その証拠に彼は今、無防備になる空中に身を晒している。

屋上から飛び降りる、しかも裏手ではなく俺たちから見える表側から。

明らかな悪手。彼も完璧じゃない。数的不利で焦っているのだ。

着地時に絶対に隙ができる、そこを一斉に攻撃すれば勝てる。

そう確信した瞬間。重たい銃撃音が虚空に轟く。

「へっ……？」

可愛らしいけれど、少し間抜けな声が聞こえた。

そしてキルログに、ベル子の死亡を告げるメッセージが流れる。

「ッ……超高速エイム《クイックショット》……！　しかも空中からの狙撃……！」

奈月が呟いたその一言で、何が起きたか俺は察した。

クイックショット。

スコープを覗いた瞬間に、引き金を引いて狙撃する技術。

狙い、息を止めて銃口を固定し、引き金を引かなければなかなか当たらないはずのスナイパーライフルでそんなことをやってのけるプレイヤーはほとんどいない。そもそもやっても当たらない。アジア最強スナイパーの奈月《2Nさん》でも、敵を確認してから照準《エイム》を合わせヘッドに当てるのに最速でも三秒はかかる。

けれど、クイックショットという無茶苦茶な撃ち方をすれば、当たるかどうかは別として、敵を見つけてから狙撃まで一秒とかからない。

何千時間とゲームをプレイし、スコープを覗いた時どこにレティクル（覗いた時に見える十字線）がくるかが体に染み付いていなければできない芸当。

そんな神業とも呼べる早撃ちを、ルーラーは空中でやってのけた。

空中でスコープを覗ける時間、およそ０．０９秒。一瞬とも呼べないような短い時間。

しかもヘッドでオーバーダメージ。気絶《ダウン》なしの一撃《ワンパン》。

とにかく異常。

「ベル子すまん！　仇はとる！」

「ふわぁぁ……ルーラーのクイックショット！　ちゃんと録画できてるかなぁ!?」

あの腹黒ベル子ちゃんが子供のようにはしゃいでいる。まぁ北米最強に狙撃されるなんて、しかもクイックショットでキルをとられるなんて普通は嬉しいよな。

俺も一応……世界ランキング一位なんですけどね……。普通にタロイモって馬鹿にされちゃいましたよね……俺とルーラー何が違うんだろう。悲しい。

「シンタロー！　カバー！　敵が着地する！」

「了解……って見えねぇ……っ！」

着地狩りをしようとエイムを合わせるけど、ルーラーは白煙の中に身を隠していた。

おそらく、飛び降りる瞬間に発煙弾を落としていたのだろう。

「でもスモークを焚けばお前だって俺を狙撃できない。距離は詰めさせてもらう」

白煙に乗じてルーラーはマンション内に身を隠している。その隙に俺はマンション一階の外壁に張り付くことに成功した。

けれどまだ、勝負を決めきるには材料が足りない。

俺の接近にやつは気付いているだろうし、不用意に屋内に入れば待たれて殺される。

確実に勝つには、少なくとももう一人必要。

「ジルがマンションに詰めるまでの時間を稼ぐ、二対一で戦える状況をつくれば確実に勝てる……そうでしょ、シンタロー」

言葉を交わさなくても俺の思考を先読みし、完璧にサポートしてくれる。

「……あぁ、頼んだ」

胸に熱い感情がこみあげてくるけど、今はその気持ちに蓋をして、耳を澄ませる。

奈月は側にあった木の裏に隠れて、スナイパーライフルを構えていた。

「北米最強の狙撃手だかなんだか知らないけど、私はそんなやつに躓いてる暇は無いのよ。

……もっと強いのが上にいるんだから」

ボイチャが拾うか拾わないかの小さな声。俺は不思議と、その声がはっきりと聞こえた。

北米最強の狙撃手vsアジア最強の狙撃手。

勝負の結果をゆっくり眺めていたいけれどそうもいかない。

奈月とのスナイパーライフル早撃ち勝負。

ルーラーとはいえ、隙ができないわけがない。ジルは確実にマンションに詰められる。

「頭出せ、頭出せ、頭出せ」

呪詛の様に念じる彼女。

すでにチラ見（木から一瞬だけ頭を出して敵の位置を把握する技術）でルーラーの位置を把握しているのだろう。

あとは覗き合い。

スコープを覗いて、相手より速く、正確にヘッドを抜いた方の勝ち。


俺は足を止めて耳を澄ませていた。不用意に動けば、ルーラーは俺の方を警戒して奈月と勝負しなくなる。

相手は北米最強のスナイパー、しかもクイックショットが得意。万が一、一対一になれば、屋内戦が得意な俺でも確実に勝てるとは言い切れなくなる。

最悪な状況は、俺がルーラーに落とされて、マンションに芋られた場合。

そうなれば、ジルも一対一であの怪物と戦わなければならなくなる。ルーラーと奈月の勝負を静観すれば、最低でもジルがマンションに詰めてきて俺と二人で戦うことができる。

ＦＰＳにおいて、数は正義。数は強さ。

各個撃破が可能な状況だけは何としてでも避けなければならない。

乾いた空気が砂埃を巻き上げ、視界を少し悪くする。

少しだけ訪れる静寂。

「来たッ！」

奈月が短く言葉を発した瞬間、大きな銃声二つが、野山に轟く。

その勝負の行く末を、俺は隣にいた奈月の画面から確認していた。

「………そんな……ありえない」

奈月の画面は暗転、そしてリザルト画面が表示されている。

その暗転は、リザルト画面は、奈月がヘッドを抜かれた、撃ち合いでは敗北したという証明でもあった。

「私が……撃ち負けるなんて……これじゃ、いつまでたってもシンタローに……」

茫然自失していた奈月に、俺は告げる。

「ナイスだ、奈月」

「……っ！　何!?　馬鹿にしてるの!?　私は負けたのよ!?　クイックショットで情けなくなるくらい綺麗に頭を抜かれたの！」

「お前が負けても、負けじゃない」

「……っ！」

「俺たちがルーラーを蜂の巣にすれば、なんの問題も無いんだよ。……それに、奈月の完全敗北ってわけでもない」

「え……？」

「頭に当たってたよ、お前の弾、防具が相手と同じ条件だったなら相討ちだったはずだ」

ルーラーのヘルメットがレベル3でなければ、ヘッドショットされても一撃だけ耐えうるレア装備じゃなければ勝負は違う結果になっていただろう。

奈月にヘッドショットを決められたやつは、すでに瀕死。

「なぁジル」

「なんだいクイーン」

「俺たちの狙撃手に黒星をつけさせるわけにはいかないよな」

「当然だ」

ようやく到着したジルと共に、マンションに突撃する。

微かに包帯を巻く音が聞こえた。

奴は虫の息。

俺とジルで撃ち合えば確実にぶっ殺せる。

「いいか奈月、このゲームは、最後にチームの誰かが生き残れば勝ちなんだ。お前はまだ負けてない」

奈月の渾身の一弾が、奴に回復というタイムロス、隙を生んだ。

これだけのアドバンテージをもらって、負けていいはずがない。

手榴弾をそこら中にばら撒き、爆音で足音を消す。

「……だったらさっさと決めなさいよ！」

奈月の言葉と同時に、ルーラーが立てこもっていた三階の扉が開く。

ルーラーはすでに銃を持ち替え、アサルトライフルを構えていた。

けれど、ルーラーが銃口を向けた先には、誰もいない。

正確には扉を開けただけのジルが隠れているだけだ。

「さっきのお返しだ」

三階の外窓から、サブマシンガンvectorの弾丸がルーラーの腹部を貫く。

屋上から飛び降りての空中狙撃。

スナイパーライフルでやってのけたルーラーとは比べものにならないほど難易度は低いし、

腰ダメで当てただけだけれど、しっかり借りは返せたはずだ。

ルーラーは純白の軍服に、鮮血のマーブル模様を描いて、そして死んだ。

「俺たちの勝ちだ」

「四対一なのに、半分以上削られちゃいましたけどね」

「……それを言うなよ」

ベル子の的確なツッコミに雰囲気をぶち壊しにされた俺たちは、一位のリザルト画面を見ることもなく今回のゲームの反省会を始める。

俺が数分後に確認するであろうリザルト画面の端には、ダイレクトメールの通知が表示されていた。

『Let's meet at the Japanese official tournament again.』(日本の公式大会でまた会いましょう。楽しみにしてます)』

こうして、俺たちの記念すべき初陣は、全勝という結果に終わった。

ラウンド5　春名奈月の勘違い

反省会が終わり、太陽の光がオレンジ色になった頃。

俺と奈月は、ガラガラの電車に乗って、帰路についていた。

奈月は俺の隣に座っている。

隣といっても、三人分くらい隙間が空いているけれど……。

「……どうしたんだよ」

「……何が？」

「何がって、なんか機嫌悪いだろお前」

「……そんなことないし」

「そんなことあるだろ」

超敏感系男子である俺は、女の子のそういった感情の動きを読むのが得意なのだ。

たぶん、奈月は、そうだな……トイレにでも行きたいんじゃないだろうか。

「話せよ、チームだろ」

チームリーダーは、そういうところまで気を使わなければいけないのだ。

まったく、手のかかる幼馴染だぜ。俺が気が使える男で良かったな。

「…………私、ルーラーに負けた」

奈月は小さく、そんなことを呟いた。

そ……そういうパターンね、なるほど。

「負けてねーよ、勝っただろ」

「ルーラーに勝ったのはシンタローでしょ！　私は負けたの！」

「俺とお前は同じチームだ、最後に生き残ったのは俺とジルだけど、お前の狙撃や、ベル子の索敵が無かったら、ルーラーと戦《や》り合う前に死んでたかもしれねーだろ」

実際に、奈月の狙撃にもベル子の索敵にも今日はたくさん助けられた。ルーラーとのマッチング以前のラウンドでも、奈月が足手まといになることなんて一瞬たりとも無かった。

「あのチームがなんで機能しているかわかる？」

少しだけ水気を帯びた瞳をこちらに向けて、奈月はか細い声でそう言った。

「……遠距離、中距離、近距離、索敵、全近距離射撃範囲で耳の良すぎる斥候《スカウト》が揃ってるからだろ」

俺は思っていることを告げる。

「違うわ、大外れも良いところね」

奈月は視線を落として、何故か少し笑みを浮かべながらそう答える。

「あのチームは、アンタが無理矢理機能させているのよ。そうでしょ？」

「………」

俺は何も答えられなかった。

「あのチームで必要な能力は、今の所あのウサギ女の索敵だけよ。私は近距離雑魚で反動制御下手すぎるし、ジルは索敵も立ち回りも甘くてシンタローが見てなきゃすぐに死ぬ。ウサギ女に至っては索敵以外の能力はその辺のプレイヤーより劣っているわ。あの欠陥だらけのチームが何故機能しているか、アンタが一番理解しているでしょ？」

……………奈月の言っていることは確かに正しい。奈月の狙撃をカバーして、ジルに指示を出して、ベル子が接敵するのを避ける。俺の仕事量はチームの中じゃ、少し……いや、かなり多い。

「……誰しも欠点はあるだろ、俺だって砂漠マップじゃ雑魚だ。遠距離苦手だしな」

遮蔽物《しゃへいぶつ》や建物が少ない砂漠マップでは遠距離攻撃が生命線となる。近距離で投げ物特化の俺にはかなり戦いにくいフィールドだ。

「嘘ね。じゃあ砂漠マップでの勝率は？　通常マップとの差はどれくらい？」

痛いところを的確についてくる幼馴染に対して、俺は真実を告げることしかできなかった。

「……………たぶん、差はそんなに無い……」

「でしょうね。砂漠だとしてもアンタは誰にも負けないわ。だって時間が経てば経つほど、安全地帯は狭まって、最終局面に近づけば近づくほど、敵の距離も近くなる。砂漠でもアンタはしぶとく生き延びて、最終的に近距離で決着をつける」

それができる。

強いから。

と、奈月は悲しそうに呟いた。

「お前も、ベル子も、ジルも、お前が思っているほど弱くねぇよ。むしろ強い方だ」

「確かにその通りね、むしろ野良マッチじゃ普通に無双できるくらいの実力はあるわ」

「なら、そこまで悲観すること「じゃあルーラーと同じレベルの強者が集まる公式大会でも、私たちの実力で通用するの？」

「……………」

奈月が俺の言葉を遮ってまで発した言葉に対して、俺はまたしても、何も返答できなかった。

「私は、嫌なのよ。強くなったって勘違いするのが、騙されるのが嫌なの」

「……お前は強いだろ。現にランキングがそれを証明している」

「私に限って、あんなランキングあてにならない」

「……………」

「私は世界で一番恵まれているプレイヤーよ。何故なら毎回、世界最強のプレイヤーが味方にいるんだから。そんなの雑魚でもランキングが上がるわよ。だって世界最強は死なないから、私が死んでも死なないから。勝ってしまうから」

キルレートは、キル数とデス数の割合。最後まで生き残れば、死ななければ、必然とキルレートは上がる。ＲＬＲでは、自分が死んだとしても、チームメイトが最後まで生き残れば、死んだことにはならない。

「なんでそこまで強さにこだわるんだよ……」

俺が言ったら嫌味になるかもしれない。

そんな言葉を、思わず口にしてしまう。

「……だって、強くないと、シンタローは私と一緒にいてくれないでしょ……？」

小さく呟いたその言葉に、ギリギリ聞こえたその言葉に、俺は返答するかどうか迷い、聞こえないふりをした。

２Nさんのメッセージと、奈月の言葉が重なる。

彼女が病的なまでに強さを求める理由は、おそらく俺と彼女がまだ幼い頃、俺が奈月に与えたトラウマが原因なんだろう。

『弱いお前と遊んでも楽しくない』

そんなクソみたいなセリフを幾度となく、俺は奈月に吐いてきた。

……だからこそ、簡単に返答しちゃいけないような気がしたのだ。

『奈月が弱くても、ずっと一緒だ』

なんて、甘い言葉は、吐いちゃいけないと思ったのだ。

俺は強くなりたい。世界で一番、強くなりたい。

誰も俺に追いつけないくらい。

けれど、俺に追いつこうとする2Nさんとも、ゲームをしたい。

そんな矛盾を抱えた願望を、夢物語を、叶える方法を。

俺はひとつしか知らなかった。

「奈月、今晩、お前の部屋に泊まっていいか？」

「………ぇ？」

彼女は何故か顔を真っ赤にして、俯いて、前髪で顔を隠して、そして呟く。

「べ……別にいいけど」

＊　＊　＊

俺は奈月の部屋で、ベッドに座っていた。

部屋に奈月はいない。

俺が奈月の家を訪れると、今回のお泊まりの意図を伝える間も無く、すぐにシャワーを浴びに行ってしまったのだ。

「ゲームするだけなのにシャワー浴びにいくとか潔癖なやつだなぁ」

手持ち無沙汰でぼーっとしていると、ガチャリと扉が開く。

奈月のお母さん。皐月さんが、ニヤニヤしながら扉の隙間からこちらを覗いている。

「さ……皐月さん、どうしたんですか？」

「シンタローくん、ひとつ、ママからアドバイスよ」

「……アドバイス？」

「奈月はね、ツンツンして強がっているけれど、押しや自分の予期せぬ展開にとても弱いわ。それに、無理矢理されるのもたぶん嫌いじゃないわよ。頑張ってね！」

「……たしかにあいつはそうですね、ありがとうございます。頑張ります」

皐月さんは終始ニヤケ顔を浮かべながら扉をゆっくり閉めた。リズミカルな足音が遠ざかる。

やはり奈月の母親だ。奈月の弱点をよく知っている。

奈月は近距離戦にどうしようもなく弱い。

スナイプしようとしている最中や潜伏している最中に、いきなり背後から襲われると、八割方何もできずに負けてしまう。まぁ誰でもいきなり襲われればそうなるんだけど、そうならない為に対策を講じなければ強くなんてなれない。

プライドの高いあいつのことだ。

俺が近距離の立ち回りを教えてやると言ったらツンツン怒り出すかもしれない。けれどそこは皐月さんのアドバイス通り無理矢理攻めるとしよう。

ゲーマーの悩みなんて、強くなりさえすれば九割型解決するのだ。

お金が無い！　強くなれ！

彼女ができない！　強くなれ！

仕事がない！　強くなれ！

……いやちょっと二つ目は無理かもしれんな。

まぁ奈月も、ルーラーと一対一で互角に戦えるようになりさえすれば後ろめたさもなくなるだろう。

ガチャリと扉が開く音が聞こえる。

髪を綺麗に乾かして、少し透け気味のネグリジェを着ている奈月が部屋にそろそろと入ってきた。相変わらず頬を真っ赤に染めている。

胸から溢れてくる感情が、喉を通って口からこぼれた。

「なんか綺麗だなお前」

「……っ！　……ありがと」

奈月はさらに顔を赤くした。

これからゲームをするというのに、奈月はなんかオシャレでエロいパジャマみたいなのを着ている。女子高校生の流行りの部屋着的な物なのだろう。知らんけど。

「お……お待たせ、アンタもシャワー浴びてきなさいよ」

「えっ、なんで？」

「なんでって……まぁ、別に嫌じゃないからいいけど……」

まるで借りてきた猫のようにおとなしい奈月に違和感を覚えつつ、俺はＰＣが置いてある机の方を指差して、着席を促す。

「そこに座れよ」

「へっ!?　椅子の上で!?」

「椅子に座らずどこでやるんだよ」

「えっ……いや普通はベッドでするんじゃ……」

「いやベッドの上でできるわけないだろ」

「そうなの!?」

「そうだ、普通は椅子に座ってするもんだ」

「そ……そうなんだ、ま……まぁ、シンタローがそっちの方がいいって言うなら、別にいいけど……」

奈月は椅子に座って、部屋を少し暗くする。

どうやら部屋を暗くしてゲームするのが好きらしい。気持ちはわかる。

「なんでお前、目つぶってんの？」

ネグリジェにしわがよるくらい、キュッと太ももの上を掴んで、プルプルと震えている奈月。

「べ……別にいいでしょ！　さっさとしなさいよ！」

ツンツンし始めた奈月の背後から、俺はＰＣの電源を入れようと、奈月の肩に手を置く。

「ひゃっ!?」

「なんだよ変な声出すなよ」

「だ……だって、急に触るから……」

「下の方に手が届かないだろ」

「下⁉　下からいくの⁉」

「そこを押さなきゃはじまらないだろ」

「押すの⁉」

「そりゃ押すだろ」

「……や…優しくしてね……」

何言ってんだこいつ。

俺は再度、奈月の肩に手を置いて、前かがみになる。

耳元ではぁはぁと、奈月が妖艶な呼吸音をあげている。

「そんなに緊張すんなよ、奈月が毎日やってることだろ？」

「な……なんで知ってるの⁉」

「なんでって……そりゃ毎日一緒にしてたから」

「た、タイミングを合わせてするなんて、アンタすごいわね……」

さっきからどうにも会話が噛み合ってない気がする……。

「し……シンタロー、こういうことをするっていうことは……その……私たち、そういう関係
になったってことで良いのよね……？」

……そういう関係？　……あぁ、チームに正式に加入したってことか。

２N《奈月》とはもう五年以上も組んでいる。チームを作りたいって思ったその瞬間から、彼女は絶対にチームに入れると決めていた。

「もちろんだ。俺は初めからお前以外考えられなかったよ」

「っ……！」

耳を真っ赤にしたまま、彼女はうつむく。

「わたしも……ずっとまえから……」

俺はごにょごにょとごにょっている奈月を尻目に、ＰＣの電源を入れた。

ブォォォオンという重低音が静かな部屋に響く。

「………なんでＰＣの電源入れたの？」

さっきまで甘い声を出していた奈月の声音が、急に冷たくなる。

「なんでって、ゲームする為だろ？　お前に近距離の立ち回り方を教えてや……ろうと……な、奈月さん？」

奈月の眉がどんどんつり上がっていく。心なしか部屋の温度も上がっているような気がする。

俺は身の危険を感じて、とっさに距離をとろうとするけれど、奈月に胸ぐらを掴まれる。

「ＰＣの角に頭を思いっきりぶつければ、記憶ってなくなると思うのよね」

「お前展開がワンパターンだぞ……！　考え直せ……‼」

「うるさい！　アンタを殺して私も死ぬっ！」

この後、激昂する奈月をなんとか説得して、めちゃくちゃＦＰＳした。

ラウンド６　頑張り屋さんな腹黒配信者

黒くておっきなＰＣの角に頭を叩きつけられた厄日から、ちょうど一週間ほどたった日曜日。

俺は朝から電車を乗り継いで、一時間ほどかけて東京と埼玉の狭間にある街、清瀬《きよせ》に来ていた。

少し歩くと、畑がちらほら見えて、東京とは思えないほどののどかな景色が広がっている。

俺はそんな雰囲気の中、待ち合わせの場所であるバス停の前でぼーっとしていた。

何故、日曜日の朝からこんな場所にいるかというと。

「タロイモせんぱぁ〜い、お待たせしましたぁ〜。動画撮影の準備に手間取っちゃってぇ〜」

今日俺を呼び出した猫かぶりモードのベル子が現れる。

淡い水色のシャツに、露出の多いデニムのホットパンツ。ちょっぴり高価そうなバッグも相まって、カリスマギャルっぽい雰囲気のファッションだ。

俺のチームに加入してもらうにあたって、俺はベル子から一つの条件を提示されていた。

ベル子チャンネルのＲＬＲ動画に、出演すること。

反省用に動画をとったり、非公式大会のプレイ動画を晒されることはあっても、自ら動画配信することは無かった俺が、そんな大役を務められるか不安だけれど、ベル子をチームに入れる為の条件であるならば仕方がない。

「なぁ、本当に俺なんかでいいのか？」

「大丈夫ですよぉ〜。むしろぉ、先輩じゃなきゃダメですぅ。ほら、炎上商法的な？」

「事実を告げるにしても、もうちょっと言葉を選べよ……それと、俺とお前は同い年だろ。先輩じゃねーよ」

冷静にツッコミを入れると、ベル子は表情をガラッと変えて、淡々と答える。

「……同い年の人にも先輩って呼ぶとウケがいいんですよねー。ほら、ゲーマーって自己顕示欲強い人多いじゃないですかぁ？　そういうのを満たしてあげるといろいろ使え……助けてくれるんですよねぇ」

出会って二秒でベル子の猫かぶりモードは解除されて、本来の計算高い腹黒モードに戻る。声も表情も百八十度変わる彼女を見て、俺は逆に感心する。女は生まれながらにして女優とはよく言ったものだ。

「私が本音をぶつけるのは先輩だけなんですよ……？　ト・ク・ベ・ツですっ」

あざとく人差し指を立てて、俺を指差すベル子。腹黒さを差し引けば普通に美少女だから困る。

「はたして俺は何番目の特別なんだろうな」

そう適当に流すと、ベル子むすっとした顔になる。

「……なんですかその反応。超絶美少女ユーチューバーである私が、こんなにサービスすることなんて滅多にないんですからね」

「……あざとさマックスでそんなこと言われて喜ぶほうが難しいだろ……」

大体、美少女は結構難アリな子が多い気がする。

件の俺の幼馴染だって、ベル子と動画を撮りに行くと言っただけで、何故か機嫌を悪くして眉毛を吊り上げている。

美少女というより、女の子自体わからん。男とつるんでいた方が楽だ。

「そーですか……」

ベル子はあからさまにしょんぼりした空気を出して、捨てられた子猫のような瞳で俺を見つめる。

騙されんぞ。

ここで『大丈夫？』なんて言おうものなら、お願いという名の何かしらの強制労働が待ち受けているのだ。

「それじゃあ、こういうのはどうですか？」

「っ……！」

むにゅり。

この世のモノとは思えないほど柔らかな感触。

奈月には無くて、ベル子にはあるもの。同じ美少女なのに、決定的に違う部分。

そう、おっぱいだ。

彼女は俺の右肘におっぱいを押し付けていた。

「な……ななな何をしゅるんだ!?」

「何ってぇ、道案内ですよぉ？」

「道案内にパイオツを押し付けるなんて素敵文化はこの国にはないはずだ！」

「女の子って、自分に貢いでくれそうな男にはおっぱいくらい普通に押し付けますよ？」

「お前マジでそんなこと言うな……！　いろいろと危ないだろ……！」

「ま、私は先輩が初めてですけどねっ」

キャピキャピしながらベル子は俺の腕を引っ張る。表情は余裕有り気なベル子だけれど、耳は火が出そうなくらい、真っ赤になっていた。

恥ずかしいならやらなきゃいいのに……。

「今日はどんな動画を撮るんだ？」

少しでも意識をおっぱいから逸らす為に、俺はベル子に質問する。

これ以上、おっぱいに意識を持っていかれると、本当にベル子の傀儡になりかねん。

「まだ秘密ですっ」

終始あざとくキャピっているベル子を尻目に、俺はこれから来るであろう受難に対して、胃をキリキリと痛めていた。

＊　＊　＊

「………」

ベル子に連れられて五分ほど歩いた先には、ボロボロで、半ば廃屋とも呼べる様な木造建築のアパートが建っていた。近所の小学生が見れば『うわーっ！　お化け屋敷だーっ！』とはしゃいじゃうレベルでボロボロだ。

「さ、入ってください」

「えっ……肝試し動画でも撮るの？」

俺の質問に対して、ベル子は衝撃の事実を告げる。

「何言ってるんですか……？　ここが私の家ですけど」

「……へ？」

ファッションや性格から鑑みるに、ベル子はお金持ちの家で育ったお嬢様だと勝手に思い込んでいた俺は、そのギャップに少し面食らってしまう。

「……ボロボロで驚きました？　今は、家庭の事情でこんな家ですけど、あと三年くらい配信を頑張って、超でっかい豪邸に住んでやるんです」

彼女は笑っていた。

ベル子はすでに登録者百八十万人の超人気配信者だ。

それなのに、こんなボロボロのアパートに住んでいる理由を、俺は軽々しく聞けなかった。

家庭の事情という五文字に、きっと俺が簡単に触れちゃいけないような何かがあるのだ。

「ちょっとびっくりしたけど、まぁ味があっていいんじゃねぇの？」

ギシギシ鳴る階段を上がって、安全性に問題がありそうな手すりに掴まりながら、俺はそう応える。

「こんな所でも住めば都です。どうぞ」

そう言いながら、ベル子は立て付けの悪い玄関を開けて、俺を中に案内してくれた。

外観と違って、内装はそこまでボロボロじゃなかった。

それでも、床には修繕の跡がたくさんあるし、壁には穴を塞ぐ為のシールがたくさん貼られている。玄関から直通のリビングには、小さなちゃぶ台やら年季の入った食器棚、衣装タンス、必要最低限の家具しかなかった。

「ベル子って、妹とかいたりする？」

部屋の一番目立つ壁に、小学生くらいの女の子が描いたような絵がたくさん貼ってあった。

「えぇ、とっても可愛い妹がいます」

壁に貼ってあった絵を眺めながら、ベル子は今までで一番優しい顔をして、そう呟いた。

「へぇー、今日はいないのか？」

「……タロイモくん、まさかロリコン？」

「なわけねーだろ。まぁ子供は嫌いじゃないけどな」

「私の超可愛い妹に手を出さないでくださいね。……あ、私ならいつでもオーケーですよ？月に三百万円でどうです？」

「……金とるのかよ」

「当然です、私、高い女なので」

彼女はけらけらと笑いながら、奥のふすまを開ける。

六畳二部屋のアパート。その奥の部屋にゲーム部屋兼編集部屋があるらしい。

ふすまを開けきると、古い机にはあまり似つかわしくない、一年前くらいに出たモデルのゲーミングＰＣが見えた。その隣にあるのは編集用のＰＣだろうか。やはり登録者数百八十万人の配信者の仕事場だけあって、機材はキチンと揃えているようだ。

「左にある編集用のＰＣで、私はゲームにログインしてあるので、タロイモくんは右のやつを使ってください」

「おう、サンキュー。……てか、そろそろ何を撮るか教えてくれてもいいだろ？」

「……あ〜、そういえば飲み物とか準備してませんでしたね！　買って来ます！」

「ちょっ！　おい！」

強引に話を変えて、ベル子は床をギシギシ鳴らしながら外に出て行った。

あいつまさか……まだ何も企画を考えてないとかそういうオチじゃないだろうな……。

「はぁ……」

俺は大きなため息を吐く。

そういや、奈月以外の異性の家に来たのは初めてだな。

急にそわそわしだした俺は、あたりをきょろきょろと見回す。

ベランダには干してある洗濯物。綺麗にアイロンがかけられた制服。手作りであろうぬいぐるみ。

ベル子の母親はずいぶん器用で几帳面なんだろうな。

家事をほとんどしたことない俺がわかるくらい、部屋は綺麗に整頓されていて、掃除も手を抜いた様子が無い。

「……ん？」

ふと視界の端に映った、右隣の押入れに、視線が吸い寄せられる。

押入れの隙間から、ピンクの布切れが顔を覗かせていた。

「なんだこれ」

俺はなんの気無しに、その布を強く引っ張る。

「きゃあっ!!」

「ッ!?」

布を引っ張ると、押入れの中から何故か幼女の声が聞こえた。

ま、まさか……。

俺は恐る恐る、押入れのふすまに手をかけて、ゆっくり開ける。

「うぅ……っ！」

スカートが半分脱げて、パンツが丸見えになっている小学生くらいの女の子が、そこにいた。

目には、うるうると涙を溜めている。

ベル子に良く似た亜麻色の髪の毛、クリクリとした瞳、あと十年もすれば世の中の男共を骨抜きにするであろう、未完の美がそこにあった。

おそらく、この子はベル子の妹だろう。

何故、押入れに芋っていたかはわからないけれど、いまここにある現実は、十八歳男性が、幼女のスカートを脱がして泣かせているという事実だけだった。

「た……頼む、お姉ちゃんには内緒にしてくれ、なんでもするから……」

俺は情けない声を出して、女子小学生に土下座していた。


「うっ……ひっく……児童ポルノだよぉ………！」


わけのわからないことを言いながら泣きじゃくる女児に、俺はどうしたらいいかわからず、狼狽えるばかりである。

「あ、飴ちゃんいる？」

脳が正常に働いて無いせいか、左ポケットに入っていた俺の大好きな飴、.45ACP弾キャンディ（六十二円）を渡す。ちなみに爽やかミント味だ。

「お……お兄ちゃん、こんなアメごときで……罪がかるくなると思ってるの……？」

「へ……？」

「じどうせいてきぎゃくたいって言ってね……お兄ちゃんがおかした罪は、ぜったいにゆるされないものなんだよ……？」

パンツ丸出しにしながらも急に饒舌《じょうぜつ》になる幼女に、俺は戸惑っていた。

それと同時に、嫌な予感が背すじを駆け抜ける。

忘れていた……この幼女はただの幼女じゃあない……！　あの超絶腹黒女、ベル子の妹だぞ……！

認識が甘かった。そう思った時にはもう遅い。

「む……無罪だ！　断固無罪を主張するッ！」

「………十八歳、せいよくモンスターで、素行も悪そうな、年がら年中ゲームしているゲームオタクと、九歳、品行方正で成績優秀、おまけに美少女な私、どちらに世間は味方すると思う……？」

「そ……そんな、活路が見えない……ッ！」

どんな逆境からも必ず活路を見出し、勝利してきたこの俺が、世界最強であるはずのこの俺が……まったく歯が立たない…！

そうか……すべて罠だったんだ！

押入れの隙間から出ていた布も、おパンツ半ケツ事件も……全部計算づくだったんだ！

「やっと理解した？　お兄ちゃんの人生はもう詰みかけているんだよ？　正確には、私はいつでもお兄ちゃんの人生を終わらせることができるんだよ……？」

「何が望みだッ！　金ならこれだけしかないぞ……！」

俺は右ポケットにあった全財産を幼女に差し出す。

幼女はそんな俺の手を、綺麗な細い足で蹴りあげる。

「あぁっ！　俺の三百四十円がぁっ！」

「そんなはした金で、このみくる様が満足できると思ってるの？　片腹痛いよ？　しぬの？」

俺が下手に出た途端、美幼女、もといみくるちゃんは急に尊大になる。パンツ丸出しでも御構い無しだ。

「……よ、要求を言えよ……どうすれば、俺は見逃してもらえる……？」

「ふぅん、さすがはお姉ちゃんが初めて家に呼んだ男、話が早くて助かるよ」

「そんなお世辞はいらねぇんだよ！　俺には、大切な仲間がいる……こんな所で人生終了するわけにはいかないんだ……ッ！」

「女児のスカートをひっぺがしてお巡りさんに捕まりそうになっているとは思えないほどかっこいいセリフね」

みくるちゃんはゲーミングチェアに座り、大仰に足をくむ。

俺はその足先あたりで、土下座一歩手前の状態だ。

今の俺はまな板の上の鯉、切り替え忘れをした単発撃ちのサブマシンガンなのだ。

不本意だけれど、敵の要求に従う他ない……。

「私のようきゅうはとってもシンプルなものよ」

「……っ」

生唾を飲み込んで、彼女の二の句を待つ。

「数ヶ月以内に、お姉ちゃんの動画の再生数を今の十倍にしなさい」

「……へ？」

目が点になるという言葉は、今の俺の為にあるような言葉だろう。そんなことを思ってしまうくらいに、俺は面食らっていた。

「……ベル子は登録者数百八十万人の超人気ユーチューバーだぞ？　俺なんかが力を貸すまでも無いだろ」

思ったことをそのまま口に出す。

みくるちゃんは訝しげな顔をして、足を組み替える。この子、本当に小学生か？　なんかめちゃくちゃ貫禄あるんだけど。

「登録者数だけは、たしかにお姉ちゃんは多いわ。けれど、再生数はどう？」

「………」

言葉に詰まる。

ベル子のゲーム実況は、再生数という意味ではここの所、調子は良くない。

平均の再生回数は一万から多くて三万。登録者数が百八十万人もいるのに、この再生数の少なさははっきり言って異常だ。それだけ登録者数がいれば、少なくとも毎動画三十万再生くらいはいくはず。

おそらく、これは俺が立てている仮説だけど。

美少女ＦＰＳゲーマー。その響きにチャンネルを登録する人は多いんだけど、ベル子の最も得意とする索敵が動画映えするものじゃないから、その凄さがイマイチ視聴者に伝わらず、再生数が伸びない。

現に、大会に出てランキングにのるようなゲーマーやストリーマーはこぞってベル子を支持している。

けれど、その凄さがわかるほどゲームをやり込んでいる人間は少ないのだ。

どうしても、派手に敵を倒したり、笑えるネタプレイなど、わかりやすい凄さに視聴者はなびく。当たり前だ。

「私に再生数が低い理由はわからないけど、それをどうにかする為に、お姉ちゃんはねる間もおしんで動画を撮って、編集しているの。学校に通いながら、家事もこなして……こんな生活をつづけてたら、お姉ちゃん、いつか死んじゃう……」

「その……聞きにくいんだけど……親は？」

「……私もくわしくは知らない。お姉ちゃんが教えてくれないから……でも、とんでもない額の借金を残してどこかに消えたっていうのは、さっしてる……」

「……そうか」

家庭の事情。

とんでもない額の借金という言葉を聞いただけで、ベル子が背負っているであろうことの重みを察する。

十八歳で学校に通いながら家事もこなして借金を返済しながら家の収入まで賄う。

ゲーム実況だって、名前だけ聞けば簡単なように聞こえるけれど、実際は編集するのに何時間もかかる重労働だ。

本当に寝る間も惜しんでやらなきゃ、学校に通いながら毎日投稿なんてできるはずもない。

それだけ頑張って投稿しているのに、再生数が一万や二万。

いくら登録者数が多くたって、収入は広告の再生数に依存する。

普通の実況者からすれば充分すぎる数字かもしれない。けれど彼女は違う、彼女には背負っている借金も、養わなければいけない家族もいる。


おそらく彼女は誰にも頼らず、その過酷な生活を、妹を守りながら続けてきたのだ。


いや、頼ろうとはしたのかもしれない。けれど、現状こうなっている以上、それも上手くいかなかったのだろう。

「私は……お姉ちゃんの力になりたい、けれど、私じゃどうにもできないの……お兄ちゃんは強いんでしょ？　だったらなんとかしてよ……！」

尊大な態度をとっていたみくるちゃんが、涙目になって俺にすがりつく。

ベル子が、俺みたいなイロモノゲーマーにすがる理由も、おっぱいを押し付ける理由も、全部この子の為だったんだな。

「……悪いけど、俺はそんな器用な人間じゃない。ゲーム実況なんてしたことないし、コミュ症だし、下手にアドバイスなんかしたら、ベル子の登録者数や再生数をむしろ減らしてしまうかもしれない」

「……っ！」

涙を流しているみくるちゃんに、続けて俺は言葉を繋げる。

「だからシンプルに行こう」

「……ぇ？」

視聴者は、わかりやすい数字になびく。

当たり前だ。

だったらそのわかりやすい数字を提供してやればいい。

「1ラウンドで44キルくらいとれば、まぁ嫌でも一千万再生はいくだろ」

43キルが、RLRの1ラウンドキル数世界記録だったか？

それを塗り替えれば、視聴者にとってのわかりやすいをきっちり提供できるだろう。

ベル子のチート級の索敵能力があればたぶん可能だ。……たぶん。……いや結構きついけど、それでもやらなきゃ俺の豚箱行が決定するので頑張るしかない。

「一千万再生!?　……でも、よんじゅよんきる？　それってむずかしいんじゃ……」

「一応、世界記録だな」

「世界記録!?　そんなの無理に決まってる……」

驚いたり落ち込んだりと、忙しい女児に、俺は目一杯のキメ顔でこう告げる。

「みくるちゃん、俺って実は、世界最強プレイヤーだったりするんだぜ？」

これでもかというくらいのドヤ顔を決めた瞬間、ガチャリと玄関の開く音が聞こえる。

「ただいまー」

ジュースを買ってきたベル子と、目が合う。

ふすまは開けたまま。

玄関を開けたベル子と奥にいた俺たちは綺麗にかち合った。

無駄にドヤ顔を決める俺と、涙目になっているパンツ丸出しの妹。

ベル子は視線を何往復もさせて、俺とみくるちゃんの現状を確認し、おもむろにポケットからスマホを取り出す。

「タロイモくん、裁判所で会いましょう」

「た……頼む、通報だけは勘弁してくれ……っ！　なんでもするからっ……！」

俺は今日二回目の土下座をぶちかますのであった。

＊　＊　＊

「全部話しちゃったのね……」

「……ごめん……鈴子《すずこ》お姉ちゃん……でも！　私、しんぱいで……！」

「いいの、お姉ちゃん怒ってないよ。だから泣かないで」

「……うん」

ベル子は優しく妹を抱きしめて、綺麗な亜麻色の髪の毛をすいている。

目の前で、涙が出てしまうくらいの美しい姉妹愛が華を咲かせていた。

俺はというと、何故かパンツ一丁で正座させられていた。

手は後ろでしっかりと縛られている。

「さて、事の顚末は未来《みくる》から聞きました。覚悟はできてますか？」

みくるちゃんは、自分の両親の件、ベル子の生活や借金の件を、俺に伝えてしまったことをベル子に報告した。

けれど、パンツ丸出しで泣いていた件にはまったくのノータッチである。

どうしよう、このままじゃ本当に捕まっちゃう。

「落ち着けベル子、俺たちはチームだろ……！」

「チーム？　私の大切な妹をあられもない姿にさせて泣かせた極悪人間がチーム？　片腹痛いですよ？　死にたいんですか？」

「たしかに俺はみくるちゃんのスカートを脱がせて泣かせた。けれどそれには止むを得ない理由があってだな……！」

「言い訳は聞きたくありません。法の下で裁かれてきてください」

「待ってお姉ちゃん！」

警察に電話をかけようとしたベル子を、みくるちゃんが止める。

「このロリコンにはまだ使い道があるわ！　お姉ちゃんの再生数を飛躍的に伸ばす踏み台にしてからでも通報は遅くないはずよ！」

「おい幼女、てめぇ味方なのか敵なのかどっちだよ」

ベル子が心底冷たい目でこちらをにらみつける。

「あっ…すみません……」

怖すぎて思わず謝っちゃったよ……。

『で、タロイモくんはこの件についてどう落とし前つける気ですか？　並大抵の対価では豚箱行きは免れませんよ？』

俺の正座した太ももの上を、グリグリとかかとでグリっているベル子は尊大にそう言った。

ここで選択肢をミスればマジで人生終了だ。

俺は、俺が提供できるであろう最大のカードを切る。

「そ……そうですね……1ゲーム、４４キル動画とかどうでしょう……」

俺の最初で最後の切り札に、ベル子は少し驚いたような顔をするけれど、すぐに冷静になったのか、真顔に戻る。

「……そんな妄言を私が信じるとでも思っているんですか？」

「いや、妄言なんかじゃない。俺が想定している条件さえそろえば、必ずでき……いや、撮れる」

「44キルって、世界記録ですよ？　そんなに上手くいくはずがありませんよ……。この場から逃げようとする言い訳にしか聞こえません」

「……やってみる前に否定することなんて誰だってできる。大切なのは挑戦しようとする心なんじゃないか？」

「幼女をパンツ丸出しにさせて泣かせていたロリコンとは思えないほど主人公らしいセリフですね」

「えへへっ」

「褒めてないです」

「………」

少しの静寂が訪れた後、俺は恐る恐るベル子に提言する。

「言っておくけど、俺は本気で44キル獲れると思っているからな」

「……無理に決まってます」

「普通はそうだろうな、俺一人で潜って44キルなんて一生かかっても無理だ」

「……ほらやっぱり無理じゃ」

ベル子が否定の言葉を言い終わる前に、俺はその言葉を否定する。

「無理じゃない。お前がいれば必ずできる」

「……え？」

文字通り、ハトが豆鉄砲を食らったような顔をしたベル子に、提言を続ける。

「44キル獲れなかったら通報でもなんでもすればいい、けれど、俺がお前の力を借りて44キル獲った時は、みくるちゃんパンツ丸出し大泣き事件は無かったことにしてもらうからな」

「……この犯罪者、なんでこんなにも不利な状況なのに自信満々なんですかね……」

当たり前だ。ここでプレゼンに失敗すればマジで人生終了《ゲームオーバー》だからな。

それに、これは単なるハッタリじゃなく、しっかりと根拠のある提言だ。

ベル子は眉間にしわをよせて、三十秒くらい、うぅ～と唸って、はぁ、と、大きくため息を吐く。

「……わかりました。チャンスは3ラウンド。その限られたラウンド数の中で本当に44キル獲れれば、通報はしないでおいてあげます」

口角が自然と吊り上がる。

「3ラウンドもいらねーよ、1ラウンドで決めてやる」

俺はパンイチのまま、PCのスイッチを入れた。

＊　＊　＊

「はいどうも～！　美少女ゲーマーベル子のチャンネルへようこそ！　今回の企画は！　世界

最強プレイヤーと一緒に４４キルとるまで帰れません！　です！」

いつもの猫なでボイスで企画説明、そして実況をはじめるベル子に俺は少し胸焼けしつつ、鬱蒼とした密林に向かって、パラシュートを開いた。

眼下には、密林に囲まれた軍事基地のような建物がひっそりと佇んでいる。

原生林がテーマのこのマップは、大きな樹木がいくつも立ち並び、地形は凸凹。オマケに通常マップの広さの四分の一ほどの面積しかなく、かなり接敵しやすい。

戦闘になったとしても、射線を切りやすい遮蔽物《しゃへいぶつ》や高低差がある地形じゃ、遠距離攻撃は中々難しく敵を倒すにはどうしても近距離での撃ち合いになる。

つまり何が言いたいかと言うと。

この密林マップは近距離特化の俺が、得意中の得意とするマップだと言うことだ。

しかも今回は雨が降っている。

遮蔽物や草木が背の高いこのマップで、目視で敵を確認することは難しい。つまり、足音や銃声を聞く索敵能力がネックになってくる。

雨が降れば、足音はほとんど聞こえない。

俺だって、隣の家の足音を聞けるかどうかも難しい。

けれど、ウチのチームの索敵担当は違う。

パラシュートで軍事基地屋上に着地したのち、すぐさまベル子は早口で告げる。

「N方向の青い建物に四人、SW方向の射撃場に四人、私たちと同じ建物に四人パーティが二組着地しましたぁ〜。目視と着地音で確認したのでほぼ間違いありません！」

「……了解」

甘ったるい声で正確な敵の位置を教えてくれるベル子。これでも物凄い索敵なんだけれど、あまりやり込んでないゲーマーにはその凄さが伝わりにくい。

目視での確認もある。これだけじゃ、ベル子の異常な索敵能力は目立たない。

だから、目立つ様に立ち回る。

「この建物にいるツーパーティを殺る。正確な部屋の位置を教えてくれ」

おそらく、この動画を視聴するであろうFPSゲーマーは『何言ってんだこのタロイモ、八人同時の足音なんて、雨の中聞けるわけねぇだろ』とか内心でツッコミをいれるだろう。

「一階の一番北側にある大きな倉庫に四人、二階の南側の廊下を二人が、北側に向かって移動中。もう二人は南階段で一階に降りています！」

控えめに言って、チートである。

雨が降って他チームの索敵能力は半減、目隠し状態で戦っていると言ってもいい状態なのに、俺たちは壁が透けるゴーグルでも装備しているようなものだ。

俺はその場にあった装備とサブマシンガンを拾って、中央軍事基地の中に入る。

敵の位置、進行方向までわかっている状態で負けるわけがない。

「了解」

俺はそう短く言葉を切って速攻で弾薬や物資を拾いつつ、南側の廊下に向かう。

雨の音で足音がかき消されている為、俺は敵の位置を把握できない。

けれど敵もそれは同じ。

ベル子の索敵を信じて俺は敵の位置を確認せず、廊下をのぞき込んだ瞬間に射撃を開始する。

決め撃ち《プリファイア》と呼ばれる撃ち方だ。

ベル子の助言通り、廊下にいた二人をサブマシンガンで蜂の巣にして、すぐさま窓を飛び降り、階段から降りたであろう二人を奇襲する。

「タロイモくんの決め撃ち《プリファイア》って、正確無比の最速攻撃とか呼ばれてますけど、なんか地味ですよね」

「そんなこと言うな……！　気にしてるんだから……！」

ルーラーのクイックショットと比べると華が無いかもしれないけれど、エイムや反動制御《リコイルコントロール》が苦手な俺にとって、決め撃ちが唯一の武器なのだ。

ＦＰＳという一人称ゲームにおいて、決め撃ちとは最強の撃ち合い方法である。

決め撃ち側は敵が見える前に撃ち始めているのに対し、待っている側は視認してから撃ち始める。よって、反応速度がどれだけ早い人でもまず勝てない。

決め撃ちされた側からすると、敵が見えたか見えないかくらいで死ぬ。アサルトライフルの胴体撃ちの場合、被ダメによる画面ブレなんかを考えても、一発返せれば上等くらいの段階で死ぬ。

この理論は、先見え後見え理論とかいうよくわからんやつを理解しなきゃ難しい話なんだけど、まぁ簡単に言えば。

敵の場所を予測して、敵より先に撃ってた方が速いし強いよね。ってことだ。

「流石は世界最強プレイヤー！　タロイモくん！　あっという間に4キルです！」

「いや、こんなチートすぎる索敵があったら俺じゃなくても簡単にキル獲れると思うぞ？」

「またまた～謙遜しなくてもいいんですよ？」

そんなこんなで、ベル子の索敵スキルにおんぶにだっこされながら、中央軍事基地の敵を一掃する。雨の密林でのベル子の索敵の無双っぷりは凄まじく、画面左に表示されたキル数がそれを物語っていた。

１５キル。

開幕三分ほどでこの数字。しかもまだ、このマップには七十八人の獲物がいる。

「タロイモくん……やばいですね……」

思わず素に戻っているベル子に俺は思ったことをそのまま告げる。

「やばいのは間違いなくお前の索敵だよ」

「いやいや、実際に撃ち合っているのはタロイモくんですし……！」

甘ったるい声で謙遜する彼女。

俺はここぞとばかりにベル子の凄さを語った。

「お前は自分の希少性をもっとちゃんと理解した方がいい。ベル子の索敵スキルは本当に異常なんだよ。チートと言ってもいいくらいに強すぎる」

「音を聞くなんて誰にでも……」

「二百メートル離れた銃声を三つ同時に聞いて、そのすべての位置を部屋単位で正確に割り出すプレイヤーなんて見たことねぇよ」

敵には死んでもまわしたくないタイプだ。

だって理不尽すぎるだろ。反動制御やエイム力や立ち回りと違って、努力じゃどうにもできない能力だ。

頭を必死に使おうが、どれだけ努力しようが、耳の良さを向上させることは多分できないだろう。できることと言ったら、精々高いヘッドセットを買うくらいのものだ。

「俺だって音を聞くのは得意な方だ。むしろ、ベル子の動画を見るまでは、索敵は俺が世界で一番上手いと思っていたくらいだからな。そんな俺でも、足元にも及ばないくらいお前の索敵は凄いんだよ。チートを疑うレベルでエグい」

「……ま、まぁ！　私は世界で一番可愛いＦＰＳゲーマーですからね！　それくらいできて当然です！」

少し顔を赤くして、そう答えるベル子と一緒に、俺はどんどんキルを積み重ねていく。

雨の中、ジープで爆走し、敵を見つけ次第、突撃。

屋内だろうが屋外だろうが、このマップは遮蔽物が豊富だ。

足音がまともに聞けない状況で、屋内と似た様な状況。

そして俺だけが、ベル子によって敵の位置を知ることができる。

ルーラークラスのプレイヤーと対戦するなら話は別だけど、普通の野良マップにいるプレイヤーに、これほどのアドバンテージを貰って、負けるわけがない。


山上の物見櫓で、２８キル。

川沿いの村で、３６キル。

そしてついに、現在いる渓谷で、

４３キル。


時間経過とともに、世界記録タイに並んだ俺たちは、息を切らしながら、安地内の建物で芋っていた。

「やばいですよタロイモくん……！　本当に世界記録狙えちゃいますよ……！」

「敵は残り一人……奴さえ殺れば、世界記録更新だ……！」

マウスが汗で湿っている。

文字通り、このゲームに俺は今後の人生がかかっているのだ。

負けるわけにはいかない。

窓から外を眺めるベル子が、声を荒げる。

「外！　敵です！　川沿いをまっすぐこちらに走ってきます！」

「……嘘だろ？」

この安地の形状で、俺たちが芋っている家は明らかに強ポジ。

敵がいますよとわかっている状態なのに、遮蔽物の無い川沿いを走ってくる。

そんな初心者丸出しの動き《ムーブ》に違和感を覚えつつ、俺は窓の外にエイムを合わせる。

敵も、走りながらアサルトライフルのＡＫＭを構えている。

「あんな遠距離から腰ダメでＡＫＭを当てられるわけないだろ……」

サイトを覗かずに銃を撃つ腰ダメは、主に超近距離戦で使う撃ち方だ。

近すぎる状態でスコープを覗くと視野が狭くなりすぎて逆に当てにくい、けれど腰ダメで撃てば広い視野のまま撃ち合える。

サイトを覗かない腰ダメじゃ、弾がバラけきって四方八方に飛んでいく。遠距離で当てるなんて不可能に近い。

初心者の様な動き《ヌーブ》に、勝利を確信した俺は、アサルトライフルに持ち替え、単発撃ちに切り替え、そして引き金を引く。
けれど、結果は。
気絶《ダウン》したのは。
俺の方だった。
「なんだこいつッ!?　ＡＫＭを走りながらフルオートで当ててきたんだけど!?」
初心者の様な動き。
遠距離からフルオートで当ててくる機械みたいなエイム力。
弾がバラけるはずなのに、一発も外すことなく腰ダメで当ててくるシステム的矛盾。
ここから導き出される答えは一つ。
「こいつ間違い無い……！　チート使い《チーター》だ……！」
世界記録更新を目前にして、俺が想像しうる最悪の展開が待ち受けていた。

＊　＊　＊

「ベル子、すまん起こしてくれ……！」

「わかりました！」

ベル子が俺の元に駆け寄り、復活させる。

不幸中の幸いか、レベル３ヘルメットを装備していたおかげで即死は免れた。

「ここまで来てチーターとかふざけんなよ……！」

俺がそう吐き捨てると、ベル子は申し訳なさそうにヘッドセットを外しながら呟く。

「43キルできただけ奇跡ですよ……まぁ、チーターにやられて終わるのも動画的にはアリっていうか、悪くないオチなんじゃゃないですか？」

気を利かせているのだろう。ベル子は声に悔しさを滲ませてそう答える。

インターバルをすぎて、俺は復活した。

回復アイテムを速攻で使って、敵の位置を確認する。距離はまだ百メートルほど空いている。

「ベル子、ヘッドセットつけろ」

「……え？」

「まだ負けてない」

「……相手は腰ダメで正確にヘッドを撃ち抜いてくるんですよ？　明らかに完全自動照準《オートエイム》でしょう……勝てるわけありません。頭を相手に見せた時点で負けなんですから……」

「だからって、諦め切れるのか？　悔しくないのか？」

「……」

唇を噛み締めて、ベル子はうつむいていた。

当然だ、悔しくないわけがない。今までの努力を、大好きな物を、踏みにじられるようなことをされて怒らないわけがない。

「俺は嫌だ。何千時間とこのゲームをやってきたんだ。真剣勝負で負けるならともかく、不正行為なんかに死んでも負けたくない」

俺はＦＰＳが大好きだ。愛していると言ってもいい。

だからこそ、それを汚すチーターに負けるなんて、絶対に嫌だ。

「ベル子、手を貸してくれ。お前がいなきゃあいつに勝てない」

俺がそう告げると、微かに諦めがまじった鈴の音のような声がヘッドセットから聞こえる。

「……まぁ、このまま抵抗せずにやられるのも癪ですし……いいですけど」

ヘッドセットをつけたベル子。

それを確認した俺は、頭を死ぬ気で回転させて、チーターを殺《や》る為の作戦を考える。

装備を整えろ。

敵に頭を見せた時点で負け。

射線を交えずに敵を殺るなんて、とんでもない縛りプレイだけれど、やるしかない。

「すごいですね、タロイモくんは」

「……何がだ？」

「こんな状況でも、まったく勝ちを諦めてないなんて……普通のゲーマーならもうとっくにマウスを投げてますよ」

「……そりゃ人生かかってるからな、勝てなきゃ、ロリコンの汚名を背負って生きていかなきゃいけないだろ？」

危うく忘れそうになっていた。４４キル獲らなきゃ豚箱行きだった。

「それに、人生かかってるっていう意味じゃ、ベル子だって一緒だ」

「…………はい」

ベル子が背負っているものについて、俺はまだ何も知らない。

けれど、未成年なのに親の借金を肩代わりして、妹の為に死ぬほど頑張っているという事実だけは理解しているつもりだ。

「いいか、いまから作戦の内容を説明する。あのチーターを倒すにはお前の力がなきゃ絶対に勝てない」

「……わかりました、やれるだけのことは、やってみます」

＊＊＊

手短に、ベル子に作戦の内容を伝えると、彼女は少し驚いて、そして小さく頷いた。

「本当、ダーティープレイでタロイモくんの右に出るものはいませんよ」

「……褒め言葉として受け取っておく、さぁ、はじめるぞ」

「……了解」

短い合図を交わして、俺たちは屋内から窓ガラスを割って外に出る。

敵と射線を合わせないよう、丁寧に木や岩に隠れながら、安全地帯の真ん中を目指す。

「足音はどうだ？　聞こえるか……？」

「……聞こえません。おそらく、私たちがいた小屋あたりを漁っていると思います」

「俺たちが割ったガラスの音を聞き逃してたみたいだな。動きも能力も完全に初心者な癖して、エイムだけは化け物クラス、油断はするなよ」

「わかってます」

そう言いながら、俺たちは作戦実行のポイント、少し高くなった小高い丘に伏せる。

小高い丘といっても、通常マップのような何もない吹きさらしの野山じゃない。

ジャングルにあるような背の高い植物がそこら中に生えている。

ＦＰＳでは、本人視点の為、植物に隠れれば俺たちも敵の位置は目視できない。

視界を真っ青な植物たちが覆っている。何も視えない。

「……敵の足音、確認しました」

けれど、視えている。

ベル子には、敵の位置がはっきりと、視えている。

撃ち合えば、射線を合わせれば、負ける。

ならば、意識外の奇襲攻撃。

相手がこちらに気付く前に、銃を向ける前に、背後からサブマシンガンフルオートで全弾叩き込んで、一気にケリをつける。

　それしか、奴に勝利する方法はない。

「……俺も微かに聞こえる、正確な場所はわかるか……？」

　この作戦を遂行するには、敵の詳細な位置を、攻撃する俺が知っておかなければならない。

　茂みから飛び出して、明後日の方向に向いていたら、即、完全自動照準《オートエイム》の餌食になる。

　立ち上がった瞬間に俺のレティクル（スコープを覗いた時に見える十字線）が、敵の頭にピタリと合うくらい正確な情報が必要だ。

　伏せているベル子の上に覆いかぶさって、ベル子が構えている銃の向きと、俺の銃の向きをまったく同じにする。

「目標の位置……近いです。ＮＥ方向、７３、高さは少し低め、おそらく直立してます。……包帯の音、回復してます……」

「オーケー、手榴弾投げるぞ」

「お願いします」

　敵のはるか後方に、俺は伏せながら手榴弾を投げる。

　この手榴弾は攻撃の為じゃない。

　敵の注意を俺たちとは反対方向に向ける為。

　敵の無防備な背後を、こちらに向けさせる為。

　手榴弾が爆発して、あたりに爆音が轟く。

「目標！　動きました！　今です！」

「ッ！」

すぐさま立ち上がる。

右クリック、ＡＤＳ。

少しでもずれていれば、エイムを修正しなければいけない。
ジルや奈月のようなエイム力は俺には無い。
必ず、大きな隙が生まれる。
その大きな隙は、完全自動照準《オートエイム》の格好の餌食。
俺は瞬く間に蜂の巣にされるだろう。

祈るように。
三倍スコープを。
覗いた。

レティクルは、寸分違わず、敵の急所《ヘッド》を捉えていた。

「やっぱお前、世界最高の斥候《スカウト》だよ」

俺はそう呟きながら、引き金を引いた。


．45ACP弾が、小気味好い音をたてて、敵の急所に吸い込まれていく。

血飛沫をあげて、敵のヘルメットは吹っ飛んだ。

それでも俺は引き金を緩めない。

回復チートの可能性を考慮して、絶対に引き金を離さない。

「嘘だろ……ッ！」

けれど、それでも敵は死んでいない。

少し経って、カチンと音がした。

弾が切れたのだ。

すぐさまAKMに持ち替えて、腰ダメで敵目掛けて引き金を引く。

敵はまごついていた。おそらく、自分の返り血で俺の位置を確認できなかったのだろう。

僥倖《ぎょうこう》。

．45ACP弾よりも威力の高い、7．62mm弾が、敵の全身を貫く。

「ベル子キルログッ！」

「目標！　まだ死んでません！」

「無敵チートか!?」

「回復はしていました！　体力増幅系のチートだと思います!!」

「弾がもう無くなる！　閃光弾頼むッ！」

「了解ッ！」

ベル子が閃光弾を投げると同時に、敵の弾が、俺の肩と腹部を捉える。

流石に俺の位置を把握したらしい。

「クソッ!!」

ジャンプで横に飛んで、ＨＰバーギリギリで持ちこたえる。ベル子の閃光弾に救われた。

けれど、俺の視界も真っ白。

ベル子の閃光弾の有効範囲に俺もいたのだ。

けれどあきらめない。あきらめる必要がない。

迷わず、銃をリロードする。敵に鉛玉を撃ち込む為に。

「敵の位置は!?」

「Ｅ方向１０５ッ！　高さ直立ッ！　横っ飛び分の距離修正した上での数値です！　撃ってください！」

視界が真っ白だとしても、関係ない。

ウチのチームには、世界最高の斥候《スカウト》がいるんだから。

リロードした四十発の弾丸が、敵の全身を貫く。

血飛沫の音が聞こえた。

「………キルログ、確認、目標……死んでます……」

ベル子の報告を聞いて、俺はようやく、引き金《マウス》から手を離した。

ラウンド７　春名奈月の嫉妬。それと裸リボン

「ねぇ、何この動画？」


ベル子との動画を撮り終え、一週間ほど経った日曜日。

俺はなぜか自分の部屋で、奈月に正座させられていた。

奈月はいつものように腕を組んで、眉毛を吊り上げてツンツンしている。

「何がって、普通のゲーム実況だろ？」

「……ふーん、普通のゲーム実況ねぇ……それじゃあタイトルを読み上げてみてよ」

俺のパソコンに映し出された動画のタイトルを、俺はしぶしぶ読み上げる。

「えーっと……コラボ企画、世界最強のタロイモくんとＲＬＲ！　チーター倒して４４キル達成してみた！」

「何しれっと世界記録塗り替えてんの？　ふざけてるの？」

俺の胸ぐらを掴んでにらみつける奈月。ちょっ！　近い近い！　あと良い匂い！

「いや……！　チーターいたし、たぶん公式記録には認定されないから、落ち着けって……！」

「……………はぁ……百歩譲って納得してあげる。アンタならいつかはどうせやるだろうと思っ

てたし」

あきれたような声を出して、奈月は俺の椅子に座る。

俺も正座を崩そうとしたけれど、奈月がひどくにらむのでやめた。

「問題は、本編が終わった後のシーンよ」

「……はて、何のことやら……？」

「しらばっくれるのね、いいわ、実際に見た方が早いもの」

マウスを動かして、動画の最後のあたりをクリック、再生が始まる。

『皆さんどうでしたか!?　私の美しすぎる索敵とタロイモくんの汚すぎる近距離奇襲戦法！　まさか本当に４４キルするとは思いませんでした！　この動画が少しでもいいなと思ったそこのあなた！　是非、高評価とチャンネル登録をよろしくお願いしますねっ！』

ベル子の甘ったるい撫で声が俺の部屋に響き渡っている。

「べ……別に普通だと思うぞ、だからそろそろ再生を止めた方が……！」

「黙りなさい」

奈月は俺の制止を無視して、そのまま動画を流し続ける。

『それと……今回は、私から視聴者さんたちに、大切なお知らせがあります……』

急に真面目なトーンになるベル子。

俺はこの先の結末を知っている。

だからこそ、止めなければならない！

「らめぇぇえ！」

気持ち悪い声を出しながら、俺は奈月に突る。

ゲームではめちゃくちゃスムーズにいく攻撃も、リアルではただのキモいダッシュにしかならない。

正座によって足が痺れているのもあって、俺はその場で顔面を強打しながらこける。

俺の決死の突撃も、無駄に終わり、動画は再生を続けた。


『この度、私、ベル子は、タロイモくんと同じ籍に入ります』


ベル子は画面内で、ぽっ、と頬を赤く染めてあざとくそう呟く。

対して、奈月は今までで見たことがないくらい冷たい目をしていた。

動画が止まる。

「ねぇ、どういうこと……？　説明して？」

奈月にまたもや胸ぐらを掴まれながら問い詰められる。

「いや、これは違うんだ」

「何が違うの？」

「ベル子がわかりにくい言い回しをしただけなんだよ。正確には、同じチームに、籍を入れます。ってことだから、ホラ見てみ、動画の概要欄に俺たちのチームの説明とか入ってるだろ？」

「……ふーん」

冷や汗を滝のように流しながら、俺はFPSオタク特有の早口でまくし立てる。

「あのウサギ女は、言葉を誤用するようなバカじゃない。わざと周りが勘違いするように振舞っているのよ」

「なんでベル子がそんなことする必要があるんだよ……」

「さぁ？　外堀から攻略していくんじゃない？」

「外堀……？」

「鈍感なアンタには一生理解できないことよ」

鈍感とは失敬な。俺ほど敏感な男はいない。自分の名前を検索したりして、評判とかめちゃくちゃチェックするから。

まわりの目を気にしまくるから。

過敏系男子だから。ビクンビクン！

「……それに、男のアンタが、美少女配信者と揶揄《やゆ》されているウサギ女と動画を撮るなら、とてつもない弊害《へいがい》が伴うということを、もっと理解した方がいいわよ？」

奈月はそう言うと、動画のコメント欄をマウスでカラカラとチェックする。

そして、俺にとっては耳に毒すぎるコメントを、奈月は丁寧に読み上げる。

『ベル子ちゃん、タロイモと付き合ってるって噂、本当ですか……？　……失望しました。タロイモのファンやめます』

『タロイモ〇ね』

『この４４キルだって、ベル子ちゃんの索敵のおかげだろ？　タロイモ動画内で偉そうにし過ぎ』

『タロイモは２Ｎとおホモ達じゃなかったのかよ……』

目尻に滲む涙を拭って、俺は叫ぶ。

「やめて！　俺のライフはもうゼロよッ！」

半泣きになっている俺にお構いなしに、奈月は口撃を続けた。

「……わかったでしょ？　あの女と関わるとロクなことがないのよ。これに懲りたら、ウサギ女との実況は控えることね」

俺はそそくさと奈月から離れて、ベッドに潜り込む。

「うぅ……ちょっとくらい人気者になれるかなって思ったのに……」

ガチ泣きしている俺を見て、少し罪悪感に駆られたのか、奈月はベッドの端に座って布団を揺する。

「……そんなに落ち込まなくてもいいじゃない。ウサギ女はルックスが良い分、やっかみコメントが今回は多かっただけよ、下の方にはきっと、シンタローを褒めているコメントがあるはずよ」

「ま……マジで？」

「ええ、きっとあるわ」

奈月はすぐさまベッドから離れて、カラカラとマウスを回し、コメントの下の方までチェックする。

「……あった？」

「……今はちょっと見つからないけど、きっとあるわ！　だから泣きやみなさい……ね？」

「くっそぉ……！　俺、世界最強《トップランカー》だぞ……もっとみんなチヤホヤしろよぉッ！　崇《あが》め奉《たてまつ》れよぉッ！　44キル獲ってなんでアンチコメントばっかなんだよ!!」

最近の悩みを大声で叫ぶと、奈月は大慌てで、スマホを取り出し、画面を俺に見せてくる。

「ほ、ほら！　見なさい！　このkituna《キツナ》って人のコメント！　アンタのことを大絶賛してるわよ！」

「ふぁっ!?　マジで!?」

スマホの画面には、ベル子の動画のコメント欄が表示されていた。

一つだけ、尋常じゃないくらい長いコメントがある。

『流石は現世界最強のシンタローさんです。勝ち方に隙がなく、細かいところまでリスクヘッジをしているプレイングに好感が持てます。エイムも反動制御も立ち回りも、全部高いレベルでまとまっていて、特に近距離での駆け引きは圧巻です。チーターの倒し方がかっこよすぎました。あんなこと思いつくなんてマトモな人間じゃありません。凄すぎます。……けれど、一つだけ文句があるとすれば、私はベル子さんとのコンビより、2Nさんとのコンビの方が好きでした。ほら、やっぱり2Nさんとは長年チームを組んでいる分、ラブラブカップルと呼んでも差し支えないほどチームワークバッチリじゃないですか？　熟年夫婦とも表現できるくらい、阿吽の呼吸だったじゃないですか？　その点、ベル子さんはシンタローさんの意図を汲めてない気がします。特に、二十五分三十一秒のところなんか、閃光弾を投げるのが二秒遅いし、他にも、シンタローさんの呼吸の間を感じとって言われる前に行動するくらいできないと、チームを組む意味が無いと思います。まぁ、四人チームになら入れてもいいと思いますけど、二人きりで組むのはあまり良く無いんじゃないでしょうか？　やっぱり、シンタローさんには2Nという大切な人がいるんですから、浮気は良くないと思います。風の噂で聞いたんですけど、2Nさん、twi○chなどで配信をはじめるかもしれないらしいですよ。これを機に、2Nさんと、配信をはじめてはどうでしょう？　シンタローと2Nさんのラブラブカップルコンビなら、すぐに人気が出ると思います。いいですか？　すぐに配信に、2Nさんを誘ってあげてくださいね。それでは長々とコメント失礼しました。』

「……うわぁ、すっごい長いコメントだぁ……」

「で、でも！　結構核心突いているコメントよね！　きっとこのコメントをした人は、シンタローのことを一番に考えている優しい人なのよ！　きっと！」

珍しく、俺以外の他人を擁護する奈月に違和感を覚えつつ、俺はコメントにも書かれてあったことを、本人に質問する。

「そういやお前、配信すんの？」

奈月は何故か耳を真っ赤にして早口でまくし立てる。

「……っ！　そっ……そうね！　まぁアンタがどうしても私と組んで配信したいって言うのなら、ボイスをありにして配信をしてもいいわよ！　本当は嫌だけどね!?　嫌だけど仕方なくね!?」

「……いやまだそこまで言ってないだろ……。てか、今は大会まで二ヶ月切ってるし、チームの連携をもっと完璧にとれるよう調整しなきゃいけないしな、配信なんてしてる暇ねーよ」

「……っ！　ウサギ女とはした癖に……！」

奈月の眉がどんどんつり上がっていく。

まずいぞ……どうやら何か地雷を踏み抜いたらしい……！

これから落ちるであろう雷にビクビクしていると、玄関の方からピンポーンと、小気味好い音が聞こえる。

どうやら来客のようだ。

「おっ！　きっと密林からお届けものだ！　ちょっと行ってくる！」

「ちょっ……待ちなさいっ！」

俺には友達がほとんどいないので、玄関のチャイムを鳴らすのは九割がた宅配業者だ。

部屋から逃げ出す口実を見つけた俺は、ドアを勢いよく開けて玄関に向かう。

「お待たせしましたー！」

元気よく、玄関を開けると、

そこには……

「シンタロー、世界《44》新記録《キル》おめでとう」

全身を真っ赤なリボンでグルグル巻きにしたジルクニフが立っていた。


今の俺の感情を、漢字二文字で表すならば、衝撃や、困惑といった単語が適切だろう。

全裸で、大事な部分を赤いリボンで隠したジルクニフが、玄関先に立っていた。

ジルの背後には、とんでもなく高価そうな黒塗りの高級車が止まっている。

こいつの親は超有名ファッションブランドを立ち上げたアパレル社長。金髪金眼でイケメン、おまけにお金持ち。

変態という要素さえなければジルクニフという男は、本当に完璧超人なのだ。

運転席から、アニメや漫画の世界からそのまま出て来たような老執事が、申し訳なさそうにこちらを見ている。

こんな変態に仕えるなんて、本当に心中お察しします。

「さ、プレゼントだ。受け取ってくれ」

ジルは腕を広げてじわりじわりとこちらに迫ってくる。

俺は一瞬、親友《ジル》が何を言っているかわからなかった。

……いや、こいつの行動を理解できた瞬間なんて一度もないんだけれど、それでも今回は特に理解できない。

「……ジル、一応聞いておこう。その格好はなんだ？」

「もちろんプレゼントだ。ナマモノだから早めに召し上がってくれ」

「……正気か？」

俺がジルの頭の心配をすると、彼は少し考えて、思いついたように手を叩く。

「……俺としたことがとんでもないミスをしてしまったようだ、謝罪しよう」

「……そうか……！　わかってくれたか……！」

良かった。

ジルが自分の異常性に気付けるだけの良心を残していてくれて。

全裸で、大事なところを赤いリボンでふんどしのように締め上げるなんて正気の沙汰じゃない。

まったく、評判の良い精神病院を紹介するところだったぜ。

俺が胸を撫で下ろしていると、ジルはけらけらと笑いながら口を開く。

「すまない、召し上がるのは俺の方だったかな？」

こいつダメだ、早くなんとかしないと。

俺は一縷《いちる》の望みにかけて、ジルを説得にかかる。

「ジル、残念ながら俺は女の子が好きなんだ。お前の恋愛感情も否定しないし、正しい気持ちだと思う。それに恋愛というものは一人じゃできない。相手が居てはじめて成立するものだろ？　俺はお前のことを親友だと思っている、けれど恋愛感情はまったくないんだ。わかってくれ」

俺の熱い言葉を、ジルは真剣な表情で聞いていた。

そして、おもむろに口を開く。

「彼女いない歴イコール年齢のシンタローが言っても説得力がないな」

「やばいキレそう」

「冗談さ、わかっているシンタロー。俺がお前を惚れさせればいいということだろ？」

「やっぱりポジティブな変態が一番ヤバいよな」

『ハハッ！　褒めるな照れる」

「いや褒めてねぇよ」

俺とジルが、やいのやいのと言い合いをしていると、高級車の後部座席のドアがバカッと開く。

「ジル、いつまでその格好でいるつもりですか？　そろそろ通報されますよ？」

車から降りて来たのはベル子だった。

驚いて、一瞬固まるけれど、すぐに冷静になる。

とりあえず、この変態を外に出しておくのは危険なので、ふたりを俺の部屋に通す。

奈月が心底嫌そうな顔をしたのは言うまでもないだろう。

＊　＊　＊

俺の部屋に集合した四人。

奈月はベッドに座っていた。ベル子は俺の椅子に座らせて、ジルは床で正座させている。

俺の部屋はいつもとはまったく違う物々しい雰囲気を醸し出していた。

そりゃそうか。股間を真っ赤なリボンでグルグル巻きにした変態がいるんだもんな。

「アンタたち、なんでこんな所にいるの？」

不機嫌な綺麗すぎる幼馴染は、不機嫌そうな美少女ユーチューバーに、率直な質問をぶつける。

彼女は眉をひそめながら、ぽそぽそと喋り出す。

「それは私が聞きたいです。この変態に『チームにとって大事な用事があるから』とか言われて、なんの説明も無しに拉致されたんです」

ベル子はジルを指差してそう答えた。

ジルの強引さは折り紙つきだ。ベル子が問答無用で車に乗せられるシーンが眼に浮かぶ。

「ジル……お前マジでいつか捕まるぞ？」

「俺はもう捕まっているさ、恋という名の鎖にな」

何言ってんだコイツ。

「……国家権力という名の鎖に縛られたくなけりゃ、今日の犯行動機を答えろ」

俺がツッコミを入れると、ジルは心底楽しそうに笑って、今日しでかした奇行の動機を答える。

「大会まで残り二ヶ月を切ったにもかかわらず、俺たちにはまだ足りないものがあるだろう
……？」

「足りないもの？」

うちのチームに足りないもの。

そう言われて思いあたることなんて、たったひとつしかない。

「協調性？」

ジルは、まったく違うと言ったような雰囲気で、首を左右に振る。

違うのかよ。間違いなく足りないだろ。

「シンタロー、お前の読みも甘くなったな」

「……もったいぶらずにさっさと言えよ」

俺が急かすと、ジルは指を、パチンッ、と鳴らす。

すると、バタン！　と、勢い良く部屋の扉が開いた。

車に乗っていたはずの老執事が、部屋に闖入する。

老執事は、ハンガーをシルクの綺麗な布で覆ったものを四つほど両手に持っていた。

「俺たちに足りないもの、それは、ユニフォームだ」

ジルの言葉と同時に、老執事はバサリと、シルクの布を取っ払う。

高価そうなハンガーにかかっていたのは、黒と青を基調としたプロゲーマーが着る様なユニフォーム。

袖には水色のラインが入っており、胸元には俺たちのチーム名『UnbreakaBull《アンブレイカブル》』と、刺繍されていた。

「かっけぇ……！」

「うわ……すご……！」

「キラキラテカってます……！」

俺たちが思い思いの感想を口にすると、ジルは自信ありげに口を開く。

「俺がデザインしたんだ。ほら、背中には父上の会社のロゴも入ってる」

そう言いながら、ジルと老執事は、俺たちひとりひとりに、ユニフォームを手渡す。

奈月とベル子にはフード付きパーカーと、チームTシャツ。

奈月のものには、黒デニムのホットパンツ。パーカーには猫耳があしらってある。

ベル子のものには、黒いスカート。パーカーにはうさ耳があしらってある。

出来栄えは控えめにいって神。

その道のプロに外注した様な出来栄えだった。

……当たり前か、こいつの親は、人気ファッションブランドを経営する社長だもんな。そういったセンスを十二分に受け継いだのだろう。

「ほら、シンタローのもあるぞ」

「……ジル、俺はお前のことを誤解していたようだぜ。お前はもっと、自分のことしか考えないようなタダの変態だと思ってたよ」

「馬鹿を言うな。俺はシンタローも大切だけど、このチームも、同じくらい大切に思っているさ」

俺はジルの言葉に、少しだけ涙を浮かべて、まだシルクの布がかかったままのハンガーを受け取る。

協調性がないとかいってごめんな。

お前は変態だけど、本当にいいやつだよ。変態だけどな。

「さて、俺のユニフォームはどんな感じだ……!?」

ドキドキワクワクしながら、シルクの布を取っ払う。

「……ジル、なんだこれは？」

ハンガーには、布面積が小さすぎる下着のようなものがぶら下がっていた。股間のあたりにチーム名が刺繍されている。

「ブーメランパンツだ。狭いスペースに刺繍するのは大変だったんだぞ」

『訂正する。やっぱりお前は筋金入りの変態だよ』

その後、俺はジルに土下座して、普通のユニフォームを作ってもらった。

ラウンド８　海と合宿とパイオツ大戦争

「あちぃ……」

冷房の効いた車内から出ると、うだるような熱気が全身を包む。

電車に二時間ほど揺られ、俺は神奈川県の海岸沿い某所にやって来ていた。

まだ海は見えていないけれど、ほのかな潮の匂いが鼻腔をくすぐる。

熱気にやられ、駅のベンチに座り込むと、電車内から賑やかな後続がやってくる。

「タロイモくん！　海行きましょ！　海！」

「アンタ、ここに来た目的を忘れたの？」

「ちょっとくらい遊んだってバチは当たりませんよ」

「シンタロー、日焼け止めを塗らないと危険だ、俺が塗ってやろう」

ツンツンしている奈月。

終始賑やかなベル子。

そしていつも通り変態なジル。

海に俺を拉致ろうとするジルとベル子に暑さでグロッキーな俺はゾンビのような声で告げる。

「いいか……ここに来た目的は、全国大会で優勝する為だ。遊ぶ為じゃないんだぞ」

夏休みが始まった七月下旬。今日から一泊二日のゲーム合宿がはじまる。

いつも通りオンライン上でパーティを組んで練習するだけじゃ、大会の雰囲気に飲まれてしまう可能性がある。やはりリアルで会って練習する期間が必要だ。そうジルが俺に提案してきたのがキッカケで、この合宿は企画された。

「ジル、案内頼むぞ」

「クイーンの頼みとあらば、世界の果てにだって連れて行ってやろう。白馬に乗ってな！」

「徒歩で別荘まで頼む」

「……照れ屋さんめ！」

合宿の開催場所はジルの家が管理する別荘。

ジルが親に交渉して、二日だけ使用を許可してもらった。話を聞く限りでは、別荘には機材やら交通費やら食費、おまけにプライベートビーチまで準備されているようだ。

けれど、そんな美味いだけの話があるはずもなく、俺たちは機材や別荘を貸りる代わりに、合宿後、社長から提示されたとある条件とやらをクリアしなければならないらしい。

俺はまだその条件を知らない。

ジルに詳細を聞いても『ノープロブレム』と濁すばかりだ。

……嫌な予感しかしない。

「海に温泉にトランプに……楽しみですねタロイモくん！」

「だから、遊ばないって言ってるだろ。この二日は連携強化と作戦会議に徹するからな」

「ゲームするんでしょ！　遊ぶのと一緒です！」

「馬っ鹿お前、ＦＰＳは遊びじゃねーから」

俺が冷たく突き放すと、彼女はうるうると目に涙をためて、諦めず抗議する。

「立ち回りの練習も反動制御の練習も、明日からでもできます。でも高校三年生の夏、今日この青春を謳歌できるのは今しかないんですよ!?」

「……お前ってもっと『海？　日焼け嫌なんでパスです』みたいな女の子かと思ってたわ」

腹黒美少女ユーチューバーの意外な一面を指摘すると、彼女は少し頬を赤らめて、ぼそぼそとつぶやく。

「実を言うと私、同性に嫌われるタイプの女でして、友達が全然いないんですよね……だから、こういう青春イベントごとは消化しておきたいんです……」

「おぅふっ」

思わぬ重ためのエピソードに胃もたれする。ベル子くらい可愛くてあざといと、同性からそういった標的になってしまうのかもしれない。

「いい加減にしなさいウサギ女。アンタの下手すぎるエイムをどうにかする為にわざわざ私も合宿に参加してあげたんだから」

海行きたいコールをするベル子に、奈月が食ってかかる。

「……ちゃっかり水着を持って来ているあなたに言われたくないですね」

「は？」

「あ？」

「もうっ！　喧嘩はやめてっ！　アイス買ってあげるからっ！」

声高々にそう叫ぶと、奈月とベル子は駅で一番高いソフトクリームをおねだりしてきた。

こういう時だけしっかり連携とるのなんなん？　おまえら本当は仲いいんじゃねーの？

少しして、駅から出ると、神奈川県とは思えないほどの田舎っぽい街並みが広がっていた。奥には海も見える。

「海見えました！　綺麗〜っ！」

「海くらいではしゃぐなんて、お子様ね」

「はいはい、仲良くしてね〜」

「シンタローの水着は俺が用意しているから心配はいらないぞ」

俺が奢らされたソフトクリームを舐めながらキャンキャンとじゃれ合う奈月とベル子、そして紐みたいな水着を振り回すジル。

こいつら幼稚園児たちの方がマシなレベルでまとまりないいんだけど。

「はぁ……」

俺は今日一番のため息を吐いた。

＊　＊　＊

三分ほど歩くと、一際大きな建物が視界に現れる。

高級感溢れる海沿いのコテージ。

俺はジルに確認を取るまでもなく、あそこが件の別荘だと悟る。

「紹介しよう、ここが我が家の別荘だ」

自慢げに紹介するジル。

それが嫌味に感じないくらい、ジルの家の別荘は高級感あふれる外観だった。アメリカの金持ちが海沿いに建てる別荘を想像してみてほしい。まんまそれだ。

ジルに案内され、でっかい玄関を開けて中に入る。

長い廊下に、高価そうな置物や絵画が展示されていた。なんか見たことがあるひまわりの絵があるんだけどレプリカだよな……？

小綺麗なスリッパに履き替えて、俺たちはジルに案内され、リビングへと進む。

「うわぁ～素敵です～！」

「……綺麗な所ね」

「やっぱ金持ちはちげぇなぁ」

「フゥン、俺《キング》にふさわしい住まいだろう。裏手には展望台なんかもあるんだぞ」

リビングの感想を口々に呟く。

壁のほとんどがガラス張りになっており、海を一望でき、おしゃれなウッドデッキまで付いているリビング。家具やキッチン、家電なども高価そうなものばかり。

一体いくらあればこんなに豪華な別荘を建てることができるのだろう。俺はそんな庶民的なことを考えながらフッカフカのソファーに腰掛ける。

「おいジル……そろそろお前の親父さんが提示した条件ってのを教えろよ」

こんなに高級感あふれる別荘だとは思っていなかった俺は、その条件とやらが急に怖くなってジルに尋ねる。

奈月とベル子も荷物を置いて、ジルに視線を送った。

ジルは一瞬視線を泳がせて、おもむろに口を開く。

「条件はシンプル、この夏に開催される全国大会で優勝して実績を作り、俺が作ったユニフォームを着て、来年の冬に開催されるＲＬＲ世界大会に出場すれば良いだけさ」

数秒間、空気が固まる。

嫌な予感はしっかりと的中した。

「ジル、お前何寝言言ってんの？」

「寝言じゃない。まぁスポンサーの前借りみたいなものだ。機材やら資金やら提供してくれる代わりに結果を約束する。シンプルだろ？」

「……一応聞いておくけど、もし結果が出なかったらどうするんだ？」

「シンタローがうちの会社に就職して還元できなかった分の利益を返済することになってる」

「マジでふざけんなお前……！」

ウザいくらいのイケメンスマイルを浮かべるジルに掴みかかる。

ジルの肩越しから視線を感じる。

ベル子から何やら生温い視線が送られてきた。

どうやら俺もお前と同じ場所に片足突っ込んだようだぜ……。

ＲＬＲの公式大会、それも世界大会であれば全世界に配信され、それこそ億単位で人が見ることになるだろう。企業としては、これほど良い宣伝媒体は無い。ファッションブランド以外にも、ゲーミングチェアなどのデザインもしている会社であれば尚更だろう。

「大丈夫、UnbreakaBull《このチーム》ならきっと高校生大会も優勝できるし、世界大会にだって行けるさ。それに、海外への遠征費や大会に出る為の必要経費も全部賄ってくれるらしいぞ。アルバイト代という名目で、給料だって出る。悪く無いだろ？」

腰に手を当てて高笑いしているジル。首筋に伝う冷や汗を俺は見逃さなかった。

こいつももしかしたら上手いこと言いくるめられたのかもしれない。

「いいかジル……今回の高校生大会は、日本人だけの全国大会じゃ無いんだ。ＲＬＲ、Ｕ《アンダー》１８世界大会と言ってもいい。大会出場規定に国籍を指定していないからな。事実、海外のプロゲーミングチーム期待の新人たちが特別枠で出場を表明してる……diamond《ダイアモンド》 ruler《ルーラー》だってその内の一人だ。やるからには優勝を目指すけれど、確実に勝てるとは俺だって言い切れないぞ……」

海外勢がちらほら参加するのは聞いていたけれど、まさかルーラーほどの大物が参加するとは発表前は予想もしてなかった。というかあの化け物が十八歳以下というのが驚きだ。

戦況は俺たちの全国大会出場が決まった当初ほど明るくない。

ルーラーが所属する北米No．1プロゲーミングチーム『VoV Gaming』をはじめ、アジアを拠点とする『team heaven』、ヨーロッパを拠点とする『GGG Pro』までもが参加を表明している。賞金もほとんど出ない日本の大会に出場するメリットなんて見当もつかないけれど、実際に出場を表明しているからには疑いようもない。

「勝率は……高くて10％、かなり厳しい戦いになる……」

俺が俯いて、自信なさげにそう言うと、隣から奈月の声が聞こえた。

「いや、私たちは負けないわ」

一片の曇りもない、自信ありげな表情に、ベル子、ジル、そして俺は、目を奪われる。

「だってうちのチームには、年齢制限なんかない総合ランキングで、並み居るプロゲーマーたちを蹴散らしている世界最強《トップランカー》がいるじゃない」

奈月は何の疑いもなくそう言った。

「……確かにそうですね。非公式ですけど、44キルなんて言う世界新記録を達成した世界最強《トップランカー》がいました」

ベル子は苦笑いを浮かべて呟く。

「そうだ、クイーンもいるし、世界ランキング二位の狙撃手も、反則スレスレの観測手もいる。もちろん、及ばずながら俺だって味方にいるんだ。負ける要素なんて何処にも無いだろ？」

ジルは俺の隣に座りながら、そう問いかける。

さっきまでバラバラだったくせに、調子の良いチームだぜ。

状況は一向に芳しくない。負ける要素だって充分にあるし、勝率１０％というのも的を射ているると確信している。

なのに何故か、この三人を見ていると。

不思議と負ける気はしなかった。

「……まぁここまできたら開きなおるしかないよな。結局ゲーマーの悩みなんてのは、勝てばほとんど解決する」

三人の視線が俺に集まるのを感じる。

俺は試したい。こいつらと一緒に、何処まで高みに登れるのかを。

「さ、練習始めようぜ」

お色気要素もハプニングも何もない。

優勝に向けて、ゲーム三昧になるであろう合宿が始まる。

＊　＊　＊

太陽の光を反射して、キラキラと輝く水平線。

冷たい潮風が、汗で額に張り付いた髪の毛を、ゆっくりと乾かしていく。

「奈月さん！　先に落としたほうが負けでいいですね！」

「どこからでもかかってきなさい、完膚なきまでに叩きのめしてあげる」

俺はビーチパラソルの下で、海でボール遊び（ガチ）を楽しむベル子と奈月を眺めていた。

「……どうしてこうなった？」

先ほどまでの熱い展開なら、朝から晩までＦＰＳしまくる流れだったよね？

チーム内でしのぎをけずり合いまくる流れだったよね？

なんで海でキャッキャウフフしてんの？

「まぁ、たまにはいいじゃないか」

「ひゃん！」

俺の背中にキンキンに冷えたラムネを当てるジル。

整った顔をくしゃりとゆがめて、心底楽しそうに笑っていた。

「……サンキュ」

俺はそのラムネを乱暴にひったくると、ビー玉を押しこんで、栓を開ける。

「まったく……全国大会の相手は国内の高校生だけじゃないんだぞ……？　こんなところで遊んでる場合じゃ……」

楽しそうに遊ぶ奈月とベル子を眺めながら、俺はラムネに口をつけた。

こうしている間にも、ライバルたちは練習している。そう思うと、じりじりと背中が焼かれるような感覚がした。

そんな切羽詰まった俺の雰囲気を察してか、ジルが優しげな声で言う。

「練習だけがチームを強くする方法でもないだろ？　チームの隙間を埋めるこの時間も、俺たちを強くする大事な要素になるよ。きっと」

まるで父親の様なまなざしでベル子と奈月を眺めるジル。彼女らは殺し合う勢いでボールをはじきあっていた。

……まぁ……確かにジルの言うことも一理ある。

バトロワＦＰＳというゲームジャンルは連携が命だ。たった一人が犯した小さなミスからチームが全滅することなんてザラにある。

けれど問題なのは、失敗することじゃない。失敗した後。

ＦＰＳで大会に出るようなプレイヤーは基本的に自分自身のスキルに自信があり、プライドが高い。故にチームメンバーの失敗を許せないことが多いのだ。

たった一つのミスから、その1ラウンドが失敗に終わるだけじゃなく、チーム自体の空気が悪くなり、チームメンバー入れ替えなんて最悪の事態に陥ることだってある。

そういう意味ではプレイヤー一人一人のスキルを磨くよりも、お互いのミスを許しあえる関係を築く方が、優先度は高いのかもしれない。

「……お前って、意外とまともだよな」

全国高校ｅスポーツ選手権関東サーバー予選後、俺がこのUnbreakaBull《チーム》を作るにあたって、一番最初に相談、勧誘したのがジルクニフなのだ。

自由奔放なガチホモだけど、彼はたぶんこのチーム内で誰よりも仲間思い。

彼自身、特殊な性格なので、気を使わず素で付き合えるのは、同じくキャラが濃すぎる俺たちくらいしかいない。

ジルにとって、このチームは自分の素をさらけだせる一種のオアシスなのだろう。

だからこそ。俺が見えないチームの形、プレイ以外で大事な部分を彼は見据えているのだ。

「意外とはなんだ意外とは。俺はいつもまともだぞ」

「まともなやつは俺の水着をブーメランパンツにしねぇよ」

きわどい水着の尻の食い込みを直しながら、隣で笑う親友をにらむ。

「正直生唾ものだ。しゃぶりまわしたいくらいだぞ」

「やっぱお前」

「嬉しいだろ？」

「いや怖いわ。美少女ならともかく、まぁまぁ筋肉質なイケメンに言われるとか恐怖以外の何物でもないわ」

ジルといつもの軽口を交わす。

尻を狙われる恐怖に目をつむれば、俺はジルとのやり取りは嫌いじゃなかった。

「タロイモくん！　ジル！　そんなところで芋ってないで一緒に遊びましょうよ！　冷たくて気持ちいいですよ！」

いつもの腹黒キャラどこにいったのか。輝く海に負けないくらいの天真爛漫な笑顔で、俺とジルに手を振るベル子。

「さぁ行こう。ベル子たちが呼んでる」

「つたく……しょうがねぇなぁ……」

ジルの手をとって、立ち上がる。

別に遊びたいわけじゃないけど、しょうがない。

みんなが海ではしゃぐ中、俺だけ一人で芋ってたら、チームの空気を悪くしてしまう。それはさけなければならない。別に遊びたいわけじゃないけど。

俺はやれやれといった具合で、日光で熱くなった砂浜をふみしめた。

＊　＊　＊

手で海水をすくって、勢いよくまき散らす。

「ひゃっ！　冷たいですっ！」

「ここがえぇんか!?　ここがきもちえぇんか!?」

キャピキャピはしゃぐベル子に、俺は変態おやじのように水をかける。

可愛らしいフリフリのビキニを着た彼女に冷たい海水を浴びせれば、それと呼応して、ゆっさゆっさと胸が揺れる。

眼福ここに極まれり。来てよかったチーム合宿！

「お返しですっ！」

「うおっ！　冷てぇ！」

冷たい海水に驚きながらも、ベル子のパイオツにしっかり視線《エイム》を合わせる。

どんな状況下でもエイムの練習は忘れない。日々の鍛錬が俺を強くするのだ！

ぐへへと鼻の下を伸ばしていると、視界の端に真っ白な紐のようなものがうつる。

次の瞬間、目に激痛が走った。

「目がっ！　目があぁぁぁっ！」

海水が染みる目をこすると、ぼやけた視界の中に、スナイパーライフルのような水鉄砲を装備した奈月がいた。

無表情で、こちらをじっと見つめている。この雰囲気……五年以上２ＮさんとＦＰＳゲームのフレンドだった俺にはわかる……！

かなりお怒りのご様子だ……！

「ねぇシンタロー。私も混ぜてよ、水遊び」

サイトを覗いて俺にエイムを合わせる幼馴染。明らかに顔面を狙っていた。

「……ッ！」

ゲームの中ならまだしも、ここは現実。さっき当たったのはまぐれに決まってる！

奈月との距離およそ十二メートル！　諦めるわけにはいかない……俺はもっと見たいんだ！

魅惑のマウンテンベルコをッ！

「奈月……ッ！　今度ばかりはお前に屈するわけにはいかねぇんだ……！　かかってあがぁぁっっ！！！」

俺が決め台詞を吐く前に、問答無用で顔面に海水をぶち当てる奈月。

まぐれじゃなかった！　こいつ……現実《リアル》でもとんでもない神エイムだッ！

「………ウサギ女の胸ばっかり見て……アタシだって、新しい水着きてるのに……」

自分の胸に手を当てて、ぼそぼそとしゃべりながら、彼女は俺の方へにじり寄ってくる。

彼女の目に生気は無い。この世のすべてに絶望したような表情で、ゆっくりと俺の顔にエイムを合わせた。

「お……落ち着け奈月……！　今はまだまな板でも、お前は成長期だ！」

「まなっ!?」

「皐月さんは大きいッ！　遺伝子的にはまだ望みがある！　微レ存だ！」

俺の命乞いを聞いた彼女は、顔をリンゴのように真っ赤にして水鉄砲の引き金を引く。

アジア最強のスナイパーは、寸分たがわず俺の鼻の穴に水柱をぶち込んだ。

「……べっ！　別に気にしてないしっ！　勘違いしたらヘッショだからねっ！」

「ががんぼっつ！　ががんぼっ！（いやもう撃ってるって！）」

鼻の穴へのダイレクトアタックのせいで呼吸がままならない！　……息がっ！　死ぬっ！

「ぶはっ！」

死の危険を感じた直後、奈月の狙撃が中断される。

いや、正確には、中断させられた。

二つの巨大な山によって。

「……おっぱ……じゃなかった！　ベル子っ！」

「今とんでもなく失礼な呼び方をしようとしましたよね!?」

奈月の狙撃を、その豊満な胸でせき止めたベル子。

所詮はおもちゃの水鉄砲、Fはあろうかというマウンテンベルコに勝てるわけがないのだ。

「退きなさいウサギ女。今この変態と遊んでいる最中だから」

「いやタロイモくん死にそうでしたよ？」

真っ暗な瞳で俺をにらみつける奈月。くっそ！　いったい俺がなにをしたって言うんだよ！

暴力系ツンデレ貧乳ヒロインなんて時代錯誤だよ！　もうこすられすぎて味しねーよ！

「まったく……胸の大きさくらいでそんなに取り乱すなんて、奈月さんって結構かわいいですね」

胸をギュッとよせて、奈月を挑発するベル子。

先ほどまでのボール遊び（ガチ）は奈月が勝利を収めている。その鬱憤を晴らそうと、ベル子は大きな二つのマウンテンベルコを武器に胸の大きさでマウントをとろうとしているわけだ。

「……大きければいいってもんじゃないでしょ！」

「でも、大は小を兼ねるって言いますよね？　タロイモくんだって、現に私の胸に首ったけでしたし」

先ほどまで快晴だった空は、どんどん曇っていく。

「は？　シンタローは首ったけになんかなってないし？　シンタローは大きいだけの肉塊に騙されたりしないし？」

「あら、そうなんですか？　タロイモくん？」

俺の腕におっぱいを押し付けるベル子。

おっぱい押し付けられて無表情を決め込める童貞なんているはずが無い。自然と口角が上がってしまう。

「なに笑ってんの？　死ぬの？」

「理不尽が過ぎるよぉ……っ！」

冷たい表情で、俺の顔面にエイムを合わせる奈月。

「シンタロー。私は別に興味ないんだけど、一応聞くわね。ただ大きいだけの脂肪の塊と、謙虚で控えめでお淑やかな胸、どちらが好み？　……もう、海水を鼻から飲みたくはないわよね？」

「ひいっ……！」

「タロイモくんはまな板なんかよりも、柔らかくて大きなおっぱいの方が好みですよね？　あ、ちなみに小さい方が好きなんて妄言を吐き散らすようであれば、私の可愛い下僕《フォロワー》さんたちに言いつけますからね？」

「ふえぇっ……！」

物理的に死ぬか、社会的に死ぬかの二択。

「シンタロー？　控えめな方よね？」

超至近距離で俺をにらみつける奈月。

引き締まっている肢体に、可愛らしく、そして控えめに鎮座する奈月の胸。

手にすっぽり収まる謙虚なサイズだけれど、柔らかさを失っているわけではない。

むしろ小さいからこそ、手のひら全体で楽しめる（妄想）というアドバンテージがある。

頬を真っ赤に染めて、小さな胸を隠す奈月。

恥じらいは、乙女の魅力をさらに引き上げる。

漆黒の髪、スレンダーでなで肩、そして控えめな胸。

まさに大和なでしこ、切れ味鋭い一撃必殺《ワンショットワンキル》、雷鳴の様な銃撃音が聞こえれば、もうすべて終わっているスナイパーライフルッ！

「……っ！」

奈月の方へ視線を移そうとすると、今度はベル子が胸を押し付けてくる。

「タロイモくん、大きなほうですよね？」

暴力的なまでの質量が俺の右腕を包み込む。

ふわふわなマシュマロのように柔らかな肢体。

そこに存在する超巨大二連砲台。

胸に自信のない女性を蹴散らし、数多の男どもの視線をかき集める、圧倒的質量《パワー》。

揉めば俺の指の間からはみ出し、手全体を包み込むだろう。女の魅力の象徴、とてつもない火力、装填いらずのライトマシンガンッ！

「俺は……っ！　俺は……っ！」

ベル子の手を振り切って、逃走する。

「あっ！　タロイモくん逃げないでください！」

「待ちなさいシンタロー！」

こんなの選べるわけがない……っ！

俺には選べない！　ちっぱいもでかぱいも、どちらも素晴らしいんだ！

優劣なんて付けられるはずが無いんだッ！

腰で波を切って浜辺を目指す。

けれど。

それは、海面から突如現れた『変態』によって制止された。

「お……おまえどっから……!?」

ざばぁっ！　と、大波をたてて海中から現れるジルクニフ。頭や肩、股間にわかめをひっかけながら、満面の笑みで口を開く。

「みんな。今日の晩ご飯だぞ」

びちびちと跳ね回ろうとする巨大な鯛をわきに抱えて、金髪イケメン（ガチホモ）は高らかにそう宣言した。

ラウンド9　成長と裸エプロン

海岸線、歩道。夕陽に照らされながら、幼馴染と歩く。

神奈川県の海で勃発したパイオツ大戦争は無事終戦し、俺と奈月は水着の上からパーカーを羽織って、近くのコンビニに向かっていた。

ジルの別荘にはどうやら調味料や飲み物がなかったらしく、じゃんけんに負けた俺たち二人がコンビニまで駆り出されたという次第だ。

肩が触れるか触れないかの距離で、借りてきた猫のように静かな幼馴染は、ぽつりと呟いた。

「あのさ……」

「……？」

「……さっきはごめんね。水鉄砲、やりすぎちゃったかも……」

珍しくしおらしい奈月に、若干の違和感を覚えつつも、俺は的確なツッコミを入れる。

「あれくらいで今更何言ってんだよ……。お前、俺の頭をゲーミングPCの角にガンガンしたの忘れたのか……？」

「アレはだって！　アンタが紛らわしい態度とるからでしょっ！」

彼女は少し俯いて、言葉を紡ぐ。

「あのウサギ女との勝負に熱中しすぎて、はしゃぎすぎちゃったのよ……だから一応、不本意だけれど、謝っておくわ！」

「そんな遠回しな表現しなくても、素直にベル子と遊ぶのが楽しかったって言えばいいだろ？」

「なっ……！　別に楽しかったわけじゃないんだから！　勘違いしないでよねっ！」

ツンデレの王道ムーブをぶちかます奈月。

彼女は、ベル子やジルと知り合って、少し性格がやわらかくなったような気がする。

初めてできた同性のゲーム友達、ベル子。

誰よりも仲間想いのガチホモ、ジル。

そんな二人と触れ合ううちに、俺も奈月も、少しは大人になったのかもしれない。

「まぁ……別に楽しくないけど……その……チームってのも、悪くはないわね」

恥ずかしそうに、眉毛を吊り上げながら腕を組む彼女。

俺は、成長した娘を見るような、そんなほんわかとした気持ちになっていた。

「だから言ったろ？　チーム組んだ方が絶対に楽しいって。それにチームでいると色々と得だしな。今回だって、料理ができるベル子のおかげでうまい夕ご飯にありつけるんだから」

俺がそういうと、奈月はムッと、ほっぺをふくらませる。

「……言っとくけど、私だって本気出せば、料理くらいできるんだからね」

「……お前毎回そう言ってダークマター錬成するじゃん」

奈月は幼い頃から料理が苦手だ。

小学生の頃から事あるごとに暗黒物質を錬成し、おままごとと称して俺に無理やり食べさせていた。こいつが料理すると、どんな高級食材もたちまち真っ黒になるのだ。

「ダークマターとは何よ！　五年前に比べたら……ちょっとくらいは成長してるんだから……？」

「語尾が疑問形になる時点でかなり疑わしいな」

「うっさい！」

「料理くらいできるようになった方がいいんじゃないか？　ホラ、料理できる女子ってモテるじゃん」

何の気なしにそんなことを言うと、奈月は眉をひそめて、こちらを窺うように語気を弱めた。

「……！　シンタローは、料理できる女の子の方が好きなの？」

「なんで俺の話になるんだよ……」

「いいから答えなさいよ！」

「……まぁ、できるに越したことはないんじゃないか？」

「ふーん……」

何か思案を巡らせているのか、奈月はアゴに手を当てながら口をちょこんと前に突き出している。

昔からの奈月の癖。

勉強している時や、普段やらないようなことに挑戦する時、自分の経験の薄いことをしようとする時には決まって唇を尖らせる。

「きょ、今日は料理に挑戦しなくてもいいんじゃないか……？」

「……まだ何も言ってないんですけど」

彼女は不満げにこちらをジト目でにらむ。

俺はなんとか誤魔化す為に、前方に見えたコンビニを指差す。

「ほら、ベル子とジルも待ってる。さっさと済ませるぞ」

「……まぁいいわ」

誤魔化されてくれた奈月に感謝しながら、冷房が効いているであろうコンビニに向かった。

＊　＊　＊

「あぁ～重たかった～～……」

「アンタそれでも世界最強《トップランカー》なの？　情けないわね」

飲み物が入った重たい買い物袋を持ったまま、徒歩五分ほどの道のりを歩いた俺は、すでに気絶寸前だった。

毎日冷房の効いた部屋でゲームばかりしているようなモヤシゲーマーなら当然の帰結だ。

「早く部屋に入ろうぜ」

すでに汗だくな俺は奈月に玄関を開けてもらい、中に転がり込む。

「ふわぁ〜やっぱ屋内安心するわ〜」

シャワーを浴びて、冷房の効いたリビングに一刻も早く芋らなければならない。

俺はそう固く決意して、靴を脱ごうとする。

けれど。

視界の端に何かがうつる。

視線をそちらに飛ばした瞬間。

息が止まった。

「おかえりシンタロー。お風呂にする。ご飯にする。それとも……ジ・ル・ク・ニ・フ？」

裸エプロンを装備した変態が、廊下で仁王立ちしていた。

「ご飯で」

俺はノータイムでそう答える。

こう言うタイプの変態にツッコミを入れるとかえって調子に乗らせてしまうからな、あえて冷静に接する必要がある。

「……おかえり、シンタロー。お風呂にする。ご飯にする。それとも……ジ・ル・ク・ニ・フ？」

忘れていた。

こいつは諦めが悪いタイプの変態だった。

背後に目配せすると、奈月は無表情で靴を脱いで、無表情でジルの隣を歩いてリビングに向かった。

あいつ……速攻で俺を見捨てやがった……！

「……ジル、後ろを向いてくれ」

「ん？　こうか？」

ひらりとエプロンをくゆらせてダンサーのように一回転するジルクニフ。

毛ひとつ生えてない、まるで美術館にあるとんでもなく高価な彫刻のような、美しい生尻がそこにあった。

この変態。パンツを装備していない。

正真正銘の裸エプロン。

もう逆に尊敬するわ。

「奈月ーっ！　ベル子ーっ！　変態がここにいるんだけどカバー頼めませんかー!?」

仲間に助けを求める。

「……」

裸エプロンの変態と、汗だくのモヤシゲーマー。

そして静寂。

ねぇ、これどうやってオチをつければいいの？

「……ジル、お前はなんで裸なんだ？」

「裸ではない、エプロンを着ているだろう」

「エプロンの下は全裸だろうが、四捨五入すれば裸だ。服を着ろ」

「……おっとすまない。シンタローは着衣プレイがお好きだったのかな？」

「お前マジで頭湧いてんのか？」

数時間前まではこいつのことを仲間想いだとか褒めてしまったことを少し後悔する。

「頼む！　誰か助けてくれ！　この変態を撃退したやつの言うことを俺はなんでも聞くぞ！

マジでなんでもだ！」

リビングにいるチームメイトに魂の叫びをぶつける。

けれど、静寂が訪れるだけだった。

「さぁシンタロー、お風呂に行こう。お風呂でシンタローを食べながらジルクニフしよう」

「きゃぁーーっ！　誰かぁーーっ！」

最後の抵抗、大声で叫び散らかす。

けれどやはり、静寂が訪れるだけだった。

モヤシゲーマーの俺が裸エプロンの変態に力で敵うはずもなく、お風呂に連行された。

＊　＊　＊

「無事逝きました……」

「そのようね……」

ベル子は、リアルでも健在の索敵スキルを発動させて、ジルの足音を確認する。

私とベル子はキッチンに芋っていた。

あの変態に接触する勇気は私たちには無い。シンタローには悪いけれど犠牲になってもらおう。それに、男同士裸の付き合いとか良く言うし、案外仲良くなって出てくるかもしれない。

「それじゃあさっさとはじめましょうか」

買ってきた食材、調味料をテキパキと取り出しているベル子。

やはり手馴れている。

私たちと同じ歳で、妹の為に家事全てをこなしているとシンタローから聞いていたけれど、どうやら本当にそうらしい。

「そういやアンタ妹いるって聞いたけど、大丈夫なの？」

純粋な疑問を、ベル子にぶつける。

三日も家を空けるのは大変だろう。

「ちょうど私と同じ三日間、友達の家でお泊まり会をするそうです」

優しい顔をして、ベル子はそう言った。

「……できた妹ね」

「ええ、私には勿体無いくらいの優しい妹です。……だから、みくるが作ってくれたこの時間を、この合宿を、私は目一杯楽しみたいんです」

彼女がこの合宿中に、海に行きたいと駄々をこねた理由の一端を垣間見た気がした。

柔らかな笑みを浮かべながら、鯛に包丁をいれて綺麗に捌いていくベル子。

あまりにもテキパキと進めるので、私はあたふたしていることしかできなかった。

「わ……私も何か手伝おうか……？」

「あ、じゃあお米を炊く準備をしてください。一品は鯛めしにするので」

「お、お米ね、了解」

自分が料理下手なのは理解している。

けれど、お米くらいは炊ける。釜にお米を入れて、お米を洗って、炊飯器にセットするだけ。

私は釜に四合ぶんのお米を入れて、水を入れる。よし、これでお米を綺麗に洗えば……！

「奈月さん、何を手に持ってるんですか……？」

「へ……？　何って、洗剤だけど……」

「まさか……洗剤で洗う気ですか？」

「洗剤使わなきゃ綺麗にならないでしょ？」

「この女マジか……」

ベル子の歪んだ表情を見て、自分が間違った方法でお米を洗っていることに気がつく。

「ごめんごめん、漂白剤も入れなきゃだよね」

「私たちを殺す気ですか？」

顔面蒼白になったベル子に、私はお米のとぎ方を教えてもらう。

洗剤使った方が綺麗になると思うけど、料理ができるベル子が言うなら、洗剤は使わない方がいいのだろう。

「これでいい？」

しばらくお米をしゃりしゃりして、水を三回ほど入れ替えた。

ベル子に確認してもらう。

「うん、綺麗になりましたね」

どうやら上手くいったようだ。

今晩のメニューは鯛めし。それに鯛の刺身にお吸い物に煮付け。……らしい。

料理の半分を構成するお米を完璧に炊いたのであれば、これはもう料理ができるといっても過言ではない気がする。

けれど、このご飯はシンタローも食べる。それならやはり、完璧のさらにその先を目指すべきだろう。

「それじゃあ、隠し味に」

「ちょっと待ってください」

「……？」

「その手に持っているものはなんですか？」

「チョコレートだけど」

「……一応聞きましょうか、何故チョコレートをお米に入れようとしたんですか？」

「美味しいものは、脂肪と糖でできているって、ＣＭで言ってたから」

「なるほど、やめてください」

「じゃあ豚肉は？」

「ダメです」

「けち」

砂糖と豚肉をとりあげられる。

やってみなきゃわからないのに、ベル子は慎重すぎる。

その後の指示通り、私は炊飯器にご飯をセットして早炊きボタンを押した。

ベル子は私を横目でチラチラ見ながらをお鍋をグツグツ煮込んでいる。

「ねぇベル子、私も調味料的なの入れたい」

「……いいですけど……その手に持っているものはなんですか？」

「これ？　煮付けに入れる調味料だけど？」

「私にはそれ、マヨネーズに見えるんですけど……」

「茶色だけだと寂しいでしょ？　だから白いの入れないとダメじゃない」

「しょ……正気ですか……？」

ベル子は腰に手をあてて、大きくため息をはく。

「しょうがないですね……私が一から教えますから、奈月さんは私の言う通りにしてください、わかりましたか？」

お姉ちゃん風を急に吹かせてきたベル子。まぁ仕方がない。料理という分野においては私は初心者。言うことを聞く他ない。

「任せなさい」

「何故そんなに自信満々になれるんですか……」

私が腕まくりをして手を洗い直していると、後ろからぽそりと声が聞こえる。

「……その代わりと言っちゃなんですけど、後で私に遠距離の立ち回りを教えてください」

エプロンの裾を掴みながら恥ずかしそうにベル子は呟く。

「……いいわよ、別に」

恥ずかしそうにする彼女を見て、何故か私まで恥ずかしくなる。こういうむず痒いのは苦手だ。こいつと私は、軽口を言い合う仲で丁度いい。

「ま、私の立ち回りができるほど、アンタにエイム力があるとは思えないけどね」

「お米に洗剤入れるような非常識女に言われたくないです」

「は？」

「あ？」

いつものやりとり。

「「ぷっ！」」

何故か不思議と笑みがこぼれた。

二人でクスクス笑っていると、脱衣所の方から叫び声が聞こえた。

どうやらふたりともお風呂から上がったらしい。

私とベル子は大急ぎで食事の支度をした。

＊　＊　＊

豪華絢爛な鯛料理が並んでいる。

「「いただきます」」

俺たちはテーブルを四人で囲んで、ベル子と奈月が用意した鯛料理を食べていた。

お風呂での記憶は無い。

何も覚えていない。

そういうことにしておこう。その方が、みんな幸せなのだ。

「甘美なひと時だったな、シンタロー」

「やめろ！　思い出させるな！」

「今日は赤飯にした方が良かったですかね？」

「ベル子落ち着け。俺はまだ処女だ、童貞を失う前に処女を失うなんてリスキーな生き方《ムーブ》はしていない」

「シンタロー……童貞なんだ……」

ジルは微笑み、奈月は何故か顔を赤くし、ベル子は生暖かい視線をこちらに向けている。

俺は話題を変えるべく、今現在の夕食についてふれる。

「それにしてもこの鯛めし美味いなぁ……ベル子が作ったのか？」

「はい、奈月さんにも手伝ってもらいました」

「ふぁっ!?　奈月が手伝ったのか!?」

衝撃の事実に、俺は目を丸くする。

「何よ、悪い？」

バツが悪そうに、奈月はもじもじとしている。ありえない……ダークマター製造機の奈月が、まともに料理を作れるようになるなんて……。

「いや……でも、誰も倒れてないぞ……？　時間差でクるタイプの食中毒か……？」

「……私の五感をフル活用して奈月さんを監視していました。けれど、安全かどうかはまだわかりません。皆さん、体調に変化があればすぐに救急車を呼んでくださいね」

「ノープロブレム、ベル子の素敵ならば安心だ」

「アンタたち、私のことなんだと思ってるの？」

奈月の料理下手エピソードを肴に、俺たちはお腹の具合を気にしながら箸を進める。

食中毒の恐怖と、純粋な食欲のせめぎ合いは、ベル子の旨すぎる鯛料理によって、食欲の方へ軍配が上がり、なんだかんだで俺もジルも三杯くらいお代わりしてしまった。

＊　＊　＊

俺とジルで洗い物を終え、リビングのでっかいソファーでくつろぐ。

ベル子がシャワーを浴び終えて、今は奈月がシャワーを浴びている。

奈月が戻ってくれば四人そろうので、ようやく練習開始だ。

練習内容をどうするか安気に考えていると、髪を乾かし終えたベル子が俺の隣にちょこんと座って、スマホを眺めはじめる。

「何見てんの？」

「タロイモくんのプレイ動画です」

「……なんだよ、やめろよ……なんかもにょもにょするだろ……」

ベル子は件の44キル動画を見ていた。現在の再生回数は八百万回再生。このままのペースでいけば本当に一千万回再生突破してしまう。まったくベル子の索敵は恐ろしいぜ。

「なぁ？　俺変なムーブしてない？　大丈夫？」

「うっせぇです。集中できないので話しかけないでください」

「そんなこと言うなよ……ほら、俺たちチームだろ、やっぱり褒め合いっことかさ、必要だと思うんだよな」

「うぜぇ……」

「ベル子さん、敬語キャラ迷子ですよ？」

「こほん、失礼しました。うざいです。あっちいけです」

隣で自分のプレイ動画を見られるというのは、家庭訪問の時のような独特の恥ずかしさがある。俺が隣で鼻の穴をふくらませながらベル子の方をチラチラ見ていると、シャワーを浴び終えた奈月が、何故かガンガン足音を立てながらこちらにやってきた。

そして隣に座る。

「シンタロー、私の髪を乾かしなさい」

「はぁ？　それくらい自分でやれよ」

「いいからやって」

「しゃーねぇなぁ……女の子の髪とか乾かしたことねぇから下手でも知らんからな」

奈月は俺の股の間に座ると、後ろ手でドライヤー押し付けてくる。

合宿でも俺への嫌がらせは継続中らしい……。

俺は奈月の髪の毛を乾かしながら、ベル子の方をチラチラと見ていた。

やはり気になる。

「なぁ、どうして今更そんな動画なんて見てんだ？」

俺は褒められたいが為にベル子に絡む。

ベル子は少し俯いて、口を開ける。

「……少しでも立ち回りの勉強したいんです。このチームで一番足手まといなのは、間違いなく私ですから」

声の抑揚は平坦。表情もいつも通り。

けれど俺は、ベル子が何処と無く不安気な表情をしているように見えた。

キッチンに座って読書をしていたジルが急に立ち上がる。

「ベル子、誰にでも得意不得意はある。ベル子は索敵という得意で、俺たちの不得意を補ってくれているだろう？　気に病む必要は無い」

「……だけど一番、成長の余地があるのは、やっぱり私です……チームで野良に潜っても、キルが全然獲れてません……たぶん、大会に出るような強者に対して、戦闘面では私は全くの無力です……」

確かにベル子がキルを獲れるようになれば、チームは大幅にパワーアップするだろう。けれど、正味ベル子は、毎試合０キルだったとしても、あまりあるほどのメリットを、チームにもたらしてくれている。それほどまでにベル子の索敵は有用なのだ。

ジルの言うようにまったく気に病む必要など無い。

俺がジルの言葉を肯定しようとすると、俺の股の間に座っていた奈月が、ドライヤーを俺の手から取り上げて、呟く。

「そうね、アンタは無力よ。直接の戦闘面では足手まといと言ってもいいくらいだわ」

厳しい言葉に、俺とジルは顔をしかめる。

「おい、そこまで言わなくても」

「シンタロー、ジル、アンタ達がベル子の立場だったらどうなのよ？　戦闘は苦手だろうから足音だけ聞いててくれ。そんなこと言われて納得できるの？　悔しくないの？」

「……っ」

俺も、ジルも、全く反論できなかった。

「このウサギ女は……その……い、一応、私たちのチームの一員よ。仲良しこよしは結構だけど、勝つ為に、みんなで最善の手を打つべきよ。現にウサギ女は、索敵だけの雑魚から卒業しようとしている、新たな武器を模索している。それを手伝う義務はあっても、止める権利は私たちには無いわ」

奈月の意外な言動に、若干面食らう。

……確かにその通りだ。

俺はチームリーダーでありながら、ベル子の気持ちを全く考えていなかった。

索敵ばかりを押し付けて、ベル子のチームを思う気持ちを蔑ろにしていたのだ。

「言ってくれますね。この芋スナは……」

「索敵だけの雑魚ってのは結構的を射ていると思わない？」

「……まぁ、いいです。今回は私の気持ちを代弁してくれたお駄賃として特別に許してあげます」

「あら、ありがとう。とりあえずさっさとキルとれるようになってから生意気な口を利くことね」

「奈月さんも屋内戦雑魚すぎるんですから、足音をまともに聞けるようになってから生意気な口を利くようにした方がいいですよ？」

「は？」

「あ？」

恒例の口喧嘩が始まる。

こいつら、やっぱりなんだかんだで仲良いんだよなぁ。

「すまんベル子、俺はチームリーダー失格だった。お前の気持ちにも気付かず、身勝手なことを言った。謝るよ」

「俺もだベル子……すまない」

「……タロイモくんは近距離の立ち回り方を、ジルは反動制御のコツを教えてください。それでおあいこにしましょう」

ベル子は笑顔でそう答えた。

「おう、なんでも聞いてくれ！　今からみんなで特訓だ！」

「おー！」

合宿一日目。午後七時半。

UnbreakaBull《俺たち》は、ようやく練習を開始した。

ラウンド10　2N vs Sintaro

別荘の一室。

高校生大会で使われるPCが四台、壁際に設置されている。

PCが置いてあるデスクに、ジル、奈月、俺、ベル子の順番で座っていた。

部屋の隅には黒いソファーと小さな冷蔵庫がある。それ以外は真っ白な壁にカレンダーがかけてあるだけ。

本当にゲームをする為だけの部屋だ。

「で、どうするの？　いつも通りアジアサーバーに潜るの？」

奈月は新調したヘッドセットのマイクをいじりながら、目配せをする。

「いや、今日は潜らない。状況が変わったからな……ルーラークラスのプレイヤーがひしめき合う大会なら、普通にやったって勝てない」

チームの雰囲気が一瞬暗くなる。

奈月は訝しげに口を開いた。

「じゃあどうするのよ？」

奈月の質問に対して、俺はここ数週間考え続けていたプランを提言する。

「一対一で負けるなら、四対四で勝てるようにすればいい。元々は各々の弱点を潰す合宿にしようと思ってたけど、いまさら自分たちの不得意分野を補ったって、ルーラークラスには敵わない。必要なのは、俺たちの得意分野に無理矢理相手を引っ張り込むことだ」

他のチームの特徴は大体把握している。

北米サーバー、ヨーロッパサーバーのプレイヤーは、エイムを重視する傾向にあるし、アジアサーバーのプレイヤーは殺意が高めで屋内戦での突撃が上手い。

北米サーバーを拠点にしている『ＶｏＶ』や『ＧＧＧ』も例に漏れず、エイムに重きを置いている。どれだけ立ち回り（敵の裏をつく動きや、撃たれないようにする動き全般）が下手でも、結果的に撃ち勝てば、最後に残るのは俺たちだろ？　というような考え方だ。

もちろん、『ＶｏＶ』や『ＧＧＧ』のプレイヤーとなれば、立ち回りも一流だし、全ての能力がまんべんなく高レベルでまとまっているだろう。

けれど索敵ではベル子の方が圧倒的に上手いし、自分で言うのもなんだけれど、近距離立ち回りという一点においては俺はＶｏＶに負ける気がしない。

逆に。

アジアサーバーを拠点とする『team heaven』は立ち回りが上手いチームだ。俺と同じくらい屋内戦が得意なプレイヤーやベル子に迫るくらいの索敵が上手いプレイヤーもザラにいるだろう。

けれど、遠距離戦、エイムなら奈月の方が圧倒的に上だし、反動制御や車内からの狙撃、平地での撃ち合いはジルの方が上手い。

長くなったけど、結局は『自分たちの得意に相手を引きずり込めば、勝機はある』ということだ。

「奈月は砂漠マップでの超遠距離、ヘッドショット率の強化。ジルは全ての武器の反動制御、リーン撃ちのスピード、集弾率強化。ベル子は索敵、そして全てのマップの強ポジ把握、それとショットガンとスモークを使いこなす特訓」

ひとりひとりに目を合わせながら、強化項目を指定していくと、ベル子が不安げに俺の袖を掴む。

「その……練習しなきゃいけない所はわかったんですけど、サーバーに潜らずにどうやって練習するんですか？」

当然の疑問だ。

俺は用意していた解答を口にする。

「クラン戦、いわゆる紅白戦だな。

『VoV』戦を想定する場合は、主力となるベル子と俺、そして敵側に奈月とジル。

『GGG』戦を想定する場合は、主力となる奈月と俺、そして敵側にジルとベル子。

『team heaven』戦を想定する場合は、主力となる奈月とジル、敵側にベル子と俺を配置する」

RLRには、クラン戦というシステムが搭載されており、クラン内のメンバー同士であれば、いつでも戦績に関係なく戦闘を行うことができる。サーバーに潜る前のアップや、新武器の確認、調整、練習など、そういったことに主に使われる。

簡単に言えば、全マップすべての場所を使用できる練習用サーバーのようなものだ。

「みんなで強点を伸ばして、みんなで弱点を補う。足し算じゃ無く掛け算で。そういうプランで行こう。それと、ベル子の撃ち合い強化は俺に策がある、後日それも特訓だ」

まだ結成して一ヶ月と少ししか経っていないチームだと、この辺りが立てられるプランの限界だ。

良くも悪くも、個の強点と弱点の差が激しいチームだ。場所や特定の条件下での爆発力は他のチームの比じゃないだろう。

……逆に言えば、弱点を突かれれば一瞬でチームが崩壊するということでもあるんだけど……。

その弱点について、俺はみんなに告げようか迷ったけれど、タダでさえ不安要素の多いこの状態で、状況を悲観してしまうような要素をこれ以上出すのは憚《はばか》られた。

「……ま、悪くないんじゃない？」

「ショットガンなら屋内戦で当てられそうです……！」

「シンタローの尻は俺が守る」

チームのみんなも納得してくれたらしい。

普段は全く言うこと聞かない癖に、ゲームに関してはすっごい聞き分けいいのは何でなんだろう。

「じゃ、はじめるぞ」

ゲーム画面を開いて、クランの画面にとんだ。

＊　＊　＊

マップは砂漠。

広大な平地に、点々と廃墟が立ち並ぶ。

砂漠というだけあって、遮蔽物が極端に少なくスナイパー有利のマップだ。

指定の位置にスポーンした俺とベル子は、あらかじめ用意されていた武器を拾って装備を整える。

このクラン戦。練習用サーバーは、指定したマップの指定した範囲、半径１ｋｍで戦闘を行う。

武器も指定した場所にしか湧かない。

「ベル子、準備はいいか？」

「オーケーです」

この紅白戦は、ＶｏＶ戦、対diamond《ダイアモンド》 ruler《ルーラー》を想定した戦いだ。

遠距離戦、エイム力に特化した奈月をルーラーに見立てて、俺とベル子が得意の接近戦を押し付ける練習。

俺たちはすぐさま射線が切れる廃墟に芋る。

安地収縮は紅白戦にもある。

安全地帯が狭まれば狭まるほど、敵との距離は近くなり、俺たちがどんどん有利になっていく。

だだっ広い砂漠に廃墟が二軒ほどポツンと建っているこんな場所で、わざわざ危険を冒す必要はない。

はじめに立てておいた作戦通り、俺たちは時間経過を待った。

「ベル子、足音を聞いておけよ。いつ敵が突ってくるかわからんからな」

通常マップや密林マップと違って、砂漠マップの地面は砂地。足音が普段より聞き辛い。

システム的にも、足音が聞こえる範囲はかなり狭まっているのだ。

「了解です。ま、タロイモくん相手に近距離を挑もうなんて、あの女ならしなさそうですけど」

「だろうな……。とにかく、俺たちが奈月に対してできることはただ一つ、安地が収縮して俺たちが得意な距離になるまで待つことだ」

「……最終安地が遮蔽物のない砂漠になったらどうするんですか？」

「……発煙弾を投げて煙の中で芋る。んでもって手榴弾やら火炎瓶なんかで揉みくちゃにする」

「……タロイモくんらしいですね……」

「砂漠は不利だからな、相手の嫌がることとならなんだってするさ」

安地収縮が始まるまでまだ時間がある。

奈月たちは今頃俺たちを血眼で探していることだろう。時間が自分たちに味方しないことを、彼女は理解しているはずだ。

それでもまぁ……流石にあと五分くらいは時間が稼げる。

そんな俺の予想を裏切って、ベル子は声を荒げる。

「……っ！　W方向から足音！　ピンを抜く音も聞こえました！」

「手榴弾か！　あいつらどうやって俺たちの場所を……!?」

「すぐに移動しましょう！」

目の前の窓が割れる。手榴弾が屋内に投げ込まれた。

ベル子は音の聞こえた西側とは反対の方向、東側の窓に向かう。

「待てベル子ッ！　外に出るなッ！」

俺ならきっと、なんの準備も無しに手榴弾を単発で家に投げ入れるような真似はしない。

この奇襲は、おそらく陽動。

敵を自分が置いているエイムの場所まで、投げ物で誘き出す。

ルーラー戦のあと、俺が奈月に教えた戦法の一つ。屋内戦闘の基本だ。

「くっ！　もうキャンセルできません！」

もうすでに窓から飛び降りるパルクールに入っていたベル子は、キャンセルできずに二階から廃墟の外に飛び降りる。

次の瞬間。

パシュンッ、と、だだっ広い砂漠に掠れた音が響きわたった。

「そんな……嘘でしょ……？」

隣の画面を見ると、ベル子はすでにリザルト画面に強制移動させられていた。

ヘッドを抜かれたのだ。たった一発で。

世界ランキング二位の、アジア最強のスナイパーに。

「足音が聞こえないッ！」

手榴弾のダメージのせいで上手く音が聞こえない。耳を澄ませても、キーンと、耳鳴りのような音が聞こえるだけだ。

手榴弾で足音を消して、敵に突《とつ》る。

俺の十八番《オハコ》。

急いでベル子とは逆の窓から飛び降りる。

こっちからなら奈月の射線から外れるはずだ。

だだっ広い砂漠に廃墟がたった二軒あるだけ。狙撃できる場所はたくさんある。大体の方向はわかるけど、射撃音から察するに、奈月はスナイパーライフルに消音器《サプレッサー》をつけていた。

ベル子がいたとしても正確な位置までは割り出せるかどうかわからない。

東側の廃墟の周りで伏せながら耳の回復を待つ、徐々に機能が回復していく。

真上。廃墟の二階から、足音が聞こえた。

「くっそ！」

急いで廃墟の一階に転がり込む。

けれど若干ムーブが遅れたせいで、ジルが二階から撃ち下ろした弾が肩に当たる。

ＨＰバーはすでに真っ赤になっていた。

「……敵にするととんでもねぇな、二人とも……」

認めなきゃいけない。俺は完全に油断していた。

現在の安地内で廃墟は数えるほどしかない。その廃墟の中で地形に凹凸があり、一番狙撃されにくい場所。

俺はそんな理由で、この場所を潜伏先に選んだ。

それを逆手に取られたのだ。

奈月は総合世界ランキング二位のスナイパーであり、何年も一緒に組んできた相棒。

俺が考える最善手だからこそ、完璧に読まれた。

場所がわかれば後はシンプル。ジルに手榴弾を持たせて奇襲を仕掛け、慌てたところを奈月が仕留める。

言葉にすれば簡単だけど、逃げる敵を遠距離から一発で仕留めるなんて、尋常じゃないエイム力がなきゃできない芸当だ。

けれどそれを、あいつらはやってのけた。

「………やべぇどうしよう」

回復アイテムを使おうとするけれど、ジルが追いかけてくる足音が聞こえるせいで、逃げの一手しか打てない。

あいつの、敵の尻《バック》を追いかけるムーブは死ぬほど強い。そして怖い。

このＨＰ差で、屋内戦と言えど、撃ち合い最強のジルとやり合えば間違いなく負ける。

俺は反撃の糸口を探すべく、時間を稼ぐ為発煙弾をそこら中に投げた。

「そう簡単には負けてやらねぇからな……！」

久々の強者に武者震いしながら、俺は勝つ為の最善手《ムーブ》を考えはじめる。

＊　＊　＊

「………ふぅ……」

シンタローがいる廃墟から遠く離れた岩壁の上で伏せて、大きく息を吐く。

目標のＨＰはほぼ無いに等しい。紅白戦では物資の補充はできない。さらに、私のチームには撃ち合い最強のジルクニフがいる。

敵の予想を超えた速攻で、慌てたところを確実に仕留める。

たられぱで立てた作戦だけれど、びっくりするくらい上手くいった。シンタロー相手に、ここまで上手くいったのは本当に奇跡だ。

……まぁ、今回は私が上手いんじゃなくて、あいつが油断してただけなんだろうけど……。

だからといって、このチャンスを逃すわけにはいかない。

「ジル、全力で追いかけて。シンタローを屋内から引きずり出せば、私たちの勝ちよ」

「オーケー！　シンタローの尻を追うのは得意中の得意だ！」

ジルなら下手なミスはしない。

私がやるべきは、シンタローを深追いすることじゃない。

シンタローが届かない距離で、攻撃のチャンスを窺うことだけ。

少ないチャンスを、絶対に逃さない。ただそれだけ。

八倍スコープを覗いていると、廃墟の一角から白い煙が立ちのぼるのが見えた。

「スモーク……どうする奈月、このまま突っ込んでいいか？」

回復の為の時間稼ぎだろう。

屋内で発煙弾を焚いて、その煙を囮にどこかしらに隠れる。

シンタローがよく使う戦法だ。

「行って、今のシンタローのＨＰなら撃ち負けることはまず無いわ。足音をしっかり聞いて惑わされないようにね？　シンタローが煙の中にいるとは限らない」

「……わかった。確実にいこう。なんせ相手は世界最強《シンタロー》だ」

このまま順当にいけば、彼に勝てる。

マウスを握る手が震える。

もしかすると私は、今人生で一番緊張しているのかもしれない。

シンタローに勝てば、シンタローは私を認めてくれる。強いやつって、認めてくれる。

あのウサギ女だけじゃなくて、私ともたくさん遊んでくれる。

ルーラーに負けるような役立たずのスナイパーだと思われたままなら、また五年前みたいに、弱いお前はいらないって言われるかもしれない。

「そんなの嫌だ……！　絶対に勝つ……！」

震える手を押さえて、マウスを握る。

シンタローの武器はサブマシンガンＵＭＰ９とアサルトライフルＭ１６Ａ４、スコープは、ドットサイトと、二倍スコープ。

私は八倍スコープでようやく見える距離にいる。

シンタローの武器は私には届かない。しかも紅白戦だから他のチームの横槍も入らない。

仮に、シンタローがジルを倒して私に接近しようとしても、六百メートルの距離を遮蔽物の無い砂漠を通って縮めなければならないのだ。

唯一の懸念事項である、次の安全地帯場所も……。

「……最高」

安地はこちらの方へ寄っている。

廃墟は安地外。

シンタローは移動を余儀なくされた。

負ける要素は皆無と言っていい。

けれど相手は世界最強。

油断はしない。できるはずがない。

「ジル、状況は？」

「ッ……すまない、見失った。廃墟を二軒ともくまなく探したけれど全く見つからない」

ほら、あの絶対絶命の状況でも、シンタローならこれくらいのことはやってのける。

「足音は？」

「聞こえない……どこかに芋っているのは間違い無いんだ、シンタローは廃墟から離れていったんじゃないか？」

「……それはない、私がずっと見てたもの」

嫌な予感がする。

「ジル、こっちに戻ってきて。もしかしたら私の位置をもうすでに把握してて、私の視界から切れるように、廃墟を背にして逃げたのかもしれない」

「……もしそうだとしたら足音を聞けなかった俺の責任だ、すまない」

「大丈夫、まだ状況はこちらが圧倒的に有利。シンタローが裏から逃げたとしても、安地収縮ははじまってる。いずれにせよ、こちらに来なきゃダメージを喰らうのはシンタローの方よ」

頭の中で、ジルをこちらに戻すという作戦を、何度も反芻する。

大丈夫、問題ないはずだ。

ジルが廃墟をクリアリングしきれないわけがない。屋内にいないということは、やはり裏から逃げたのだろう。

「一応、背中から撃たれないように発煙弾で射線を切りながら戻ってきてね。……シンタローに使われることも考慮して一個だけね」

「了解、一個投げればだいぶ距離を稼げる。そこから撃ち合うのであれば俺の距離だ。撃ち勝ってみせる」

「頼んだわよ」

シンタローが隠れるなら、廃墟の後ろにあった大きな岩がかなり怪しい。というか、遮蔽物がほとんどない廃墟の裏手で、隠れられるのはそこしかない。

ここからでは狙えないので場所を変える。

三十メートルほど移動して、ぎりぎり大岩を狙える位置に伏せると、ジルに合図を出す。

「ジル、動いていいわよ」

「オーケー、そちらに寄る」

ジルが発煙弾を投げて、こちらに走り出す。

狙われるのなら今。

「シンタロー、出てきなさい……私が情けなくなるくらい綺麗に抜いてあげる……」

大岩にレティクルを合わせる。

シンタローがジルを狙った瞬間。

私がシンタローのヘッドを吹き飛ばす。

それで勝てる。

世界最強に、勝てる。

心臓の音が聞こえる。

耳の奥が熱い。手が震える。

瞬きすらせず、息を止めて、その時を待つ。

「……！」

小気味よい、サブマシンガンの銃声の音が聞こえた。

「ッ！　奈月！　撃たれてるッ!!」

廃墟から走りだした直後のジルを、サブマシンガンのフルオートが襲う。

けれど、私は。

引き金を引けずにいた。

「嘘!?　大岩に隠れてるんじゃないのっ!?」

大岩にシンタローの姿はない。

スコープから目を外して、目視でジルの方を確認する。

「……っ！　……そんなの反則よッ！」

シンタローはジルの見立て通り、廃墟の中にはいなかった。

シンタローが芋っていたのは、廃墟の外。

ジルが手榴弾を投げて割った窓のすぐ外、わずかな隙間、足をかけられるかどうかの小さな段差に、身をかがめて潜んでいたのだ。

窓を割った音が聞こえなかったのも、足音が聞こえなかったのも頷ける。

「この反則男！　だから他プレイヤーから嫌われるのよッ！」

バグ技《グリッチ》とまではいかないけど、かなりグレーゾーンな場所《ポジション》。

強すぎるポジション故に、少し前のアップデートで修正されていたはずだ。

けれどこの練習サーバーのアップデートは、通常サーバーよりもかなり遅い。

アップデートはちょうど明日、今日までしか使えない幻の強ポジに、シンタローは芋っていたのだ。

「この変態！　タロイモ！　大人しく死になさい！」

私は嫌味を吐き散らかしながらシンタローをスコープで覗いて狙撃する。

けれど、もう遅い。

彼は二階から飛び降りて、ジルの死体の方へ駆け出している。

近距離で、無防備な背中から奇襲されたジルは気絶、その上からハンドガンで弾を何発も入れられ、死んでいた。

「くッ！」

ハンドガン一丁のみで砂漠を駆け抜けるシンタロー。通常よりかなり移動速度が速い。限界まで現実と近づけたＲＬＲならではの特性、長く重たい銃を持つと移動が遅くなるし、軽い装備だと移動が速くなる。

ハンドガンは素手と並ぶ最速装備。

次の装填まで若干のタイムラグがある。私のリロードの隙を突かれて、ジルが自ら投げたスモークの中に逃げ込まれた。

落ち着け……。

まだ有利な状況にいる。

大丈夫、まだ戦える……！

「本当……怪物級の強さね……けれど、そこからどうする気？」

スモークはすぐに消える。

シンタローのメイン武器はサブマシンガン一丁のみ、狙撃される心配はない。

一方的に私が攻撃できるこの状況で、しかも遠距離で、私が負けるはずがない。

「終わりよシンタロー……ちゃんと私に殺されなさい」

速攻でエイムを合わせられるように、レティクルをスモークに合わせる。

けれど、スモークの範囲はどんどん増えていき、最終的には当初の三倍ほどの白煙へと成長していた。

「……無駄よ、スモークを投げて時間稼ぎしても結局はこっちに来なきゃアンタは死ぬんだから……！」

もうシンタローは何もできないはず。

私はエイムだけに集中する。

邪念は捨てろ。エイムの乱れは心の乱れ。

私は、シンタローの頭を綺麗に抜くだけ。

ただそれだけ。

「…………ッ！」

煙の中から、影が飛び出す。

私はそれを、迷わず撃ち抜いた。

「殺ったッ!!」

揉みくちゃになりながら、死体は明後日の方向へ飛んでいく。

「やった！　シンタローに勝った！　これで私はシンタローに捨て……られずに……？？」


おかしい。


キルログにシンタローの名前が表示されない。

遅れて、かすかに爆発音のようなものが聞こえていた。

「まさか……ッ!?」

私はスコープで撃ち抜いたはずの死体を確認する。

「ジルクニフ!?」

私が撃ち抜いたのは、おそらく、手榴弾によって吹き飛ばされたジルクニフの死体だった。

鈍い、スナイパーライフルの銃声が聞こえる。

全てを悟った私は、頭を動かそうとするけれど、もう遅い。

画面が暗転する。

それが意味することはたったひとつ。

私はシンタローに負けたのだ。

「そ……んな、ありえない………」

冷や水をかけられたように冷静になった脳みそが、嫌になるくらい、事の顛末を綺麗に推理する。

スモークの範囲を広げ、ジルの死体からスナイパーライフルを奪い、手榴弾でジルの死体を吹き飛ばし囮にして私の注意をひいた。

シンタローに遠距離から狙撃されるなんて頭の片隅にも置いていなかった私は、まんまと勝利の余韻に浸って、射線もきらず、五秒以上も無防備なヘッドを晒した。

いくらエイムが苦手なシンタローでも、そこまでの時間があれば、私のヘッドを抜くなんてこと、簡単にできる。

「奈月、油断したな」

隣から、大好きな声が聞こえる。

けれどその声は、今はただ、私をこれでもかというほど、傷つけるだけだった。

私は完敗したのだ。

シンタローに。

私の大の得意とする。遠距離で。


「ッ!!」

ヘッドセットを乱暴に外して、私はそのまま部屋から逃げ出した。

＊　＊　＊

「おい奈月っ!!」

部屋を勢いよく飛び出した奈月に、俺はヘッドセットを外して、大声で叫んだ。

けれど奈月は止まらない。

水滴のようなものが、フローリングに落ちる音が聞こえた。

「ッ……！　なんだよアイツ……紅白戦くらいでそんなに熱くならなくても……」

「……奈月さん、大丈夫でしょうか……。タロイモくんがあんな勝ち方するからいけないんですよ！　はやく追いかけてください！」

ベル子が隣でぷんぷん怒っているのを尻目に、俺は大きくため息を吐いた。

「……仕方ないだろ、勝負なんだから」

椅子の背もたれに体を預ける。

２Nさんとは言葉を交わすまでもなく完璧に連携がとれるのに、奈月のことはどれだけ言葉を交わそうとも理解できない。

床に落ちた奈月の涙を見ると、胸がズキズキと痛む。

昔からそうだ、奈月の涙を見るとどうしようもなく心が痛む。

俺がどうしていいかわからず、その涙を見つめていると、突然ジルが立ち上がる。

「おいシンタロー」

「……何だよ、見ての通り、今はお前と絡む元気は無いぞ」

「立て」

「……は？」

「今すぐ立って、奈月を追いかけろ」

いつもと違う空気を、ジルは発していた。

俺は、当たり前のことを他人に叱られて、どうしようもなく恥ずかしくなった子供のような気持ちになった。

「……なんでお前にそんなこと言われなきゃいけないんだよ」

思わず、ジルに反発してしまう。

「大体、奈月が勝手に癇癪《かんしゃく》起こしただけだろ？　負けて悔しいなら勝てば良かったんだ。強ければ良かったんだ。俺たちももう小学生じゃない、あいつのフォローなんていちいちしてら」

俺がその先の言葉を発する前に、ジルは俺の胸ぐらを掴んで、鋭い眼光でにらみつける。


「…………おい、仲間《チーム》だぞ？」


ジルのその言葉に、熱くなっていた脳みそが一気に冷たくなる。

「奈月がなんで部屋を出て行ったのか、馬鹿な俺にはわからない。けれど、泣いていた。悲しそうにしていた」

胸ぐらを掴む力がどんどん強くなる。

今までに見たことが無いくらい、怖い表情で、ジルは重たく、強く、言葉を発した。

「俺は、仲間を泣かせたまま蔑ろにするような男に、惚れた覚えは無い」

ジルのその言葉に、俺は一瞬泣きそうになって、すぐさま自分がどれだけ愚かで情けないことをしようとしたか、理解した。

奈月が弱いから悪い。

俺はまた、そんな言葉を吐いてしまった。

五年前と同じことを、繰り返すところだったのだ。

「……お前に説教されるとか、情けねぇな、俺……」

「情けなくたって、俺たちのリーダーだ。さっさと行け」

「……女の子を泣かせたままにするなんて、本当のタロイモになっちゃいますよ？」

ジルとベル子の言葉を聞いて、ようやく椅子から立ち上がる。

奈月が強さにこだわる理由を、俺はまだ完全に理解したわけじゃない。

けれどジルが言うように、悲しんでいる仲間がいたら、困っている仲間がいたら、全力でカバーする。

ＦＰＳゲーマー全員が知っている、当然のことなんだ。

「……すまんジル！　ベル子！　休憩時間ってことでよろしく！」

そう二人に言い残して、俺は奈月を追って部屋を飛び出す。

二人の返事が、遠くから聞こえた。

奈月がどこに芋るかくらい、幼馴染の俺には手に取るようにわかる。

靴を乱暴に履いて、俺は玄関を飛び出した。

ラウンド11　二人きりの夜

時刻は午後八時。

日の長い夏場とはいえ、夜の帳が下りる頃合い。

「奈月ならきっと……っ！」

俺は迷わず別荘の裏手にあった暗い林道に飛び込んだ。

軽く整備された細い道を、懐中電灯で照らして進む。

道の両脇には広葉樹が生い茂り、神奈川県とは思えないほどの自然が広がっていた。

「はぁ……はぁ……っ！」

流れる汗もそのままにして、無我夢中で坂道を駆け上がる。

五分くらい経っただろうか？　ようやく、ジルの別荘から少し離れた展望台にたどり着いた。

寂れた展望台には、消えかけの街頭に照らされた古いベンチがポツンと設置されている。

その古いベンチに座っている、黒髪の女の子。

「はぁ……はぁ……見つけた……！」

ベンチに座って、目尻を赤くした奈月が勢いよく振り向く。

「ど……どうしてここが……!?」

「……何年一緒にゲームしてきたと思ってんだ、俺だって２Ｎ《奈月》が芋るとこくらい簡単に見抜けるんだよ」

　２Ｎさんとは、いや……奈月とは、もう十年以上の付き合いになる。

　紅白戦で奈月が俺の芋る場所を的確に当てたように、俺も奈月の芋る場所くらい簡単に当てられるのだ。

「昔からそうだよな……嫌なことがあると、一番高くて見晴らしの良いところに隠れる。マジで生粋のスナイパーだよ、お前は」

「……別に隠れてなんかないし、ちょっと……その、目にゴミが入っただけなんだからっ……！」

「目にゴミが入っただけでこんな所まで全力疾走してんじゃねーよ！　バカ！」

「ば……っ!?」

　俺はぶつぶつ言い訳するツンデレ幼馴染の隣に腰を下ろす。

　彼女は少し驚いたような顔をして、そして俯いた。

「……離れなさいよ」

「……嫌だ」

「別にアンタなんかに励まされなくたって、悲しくなんてなかったから、目にゴミが入っただけだから。本当に勘違いしないでよね……したらヘッショなんだから……」

「その言い訳まだ続けんのかよ……」

「うっさい！　大体なんなの!?　死体を囮に使うなんて聞いたこともないわよ！　変態！　タ

ロイモ！」

「お前、困ったら罵倒する癖どうにかした方がいいぞ」

「よ……余計なお世話よ！」

坂道を勢いよく登ったせいで乱れた呼吸を整えていると、奈月が訝しげな声を上げる。

「そういやアンタって、昔は暗いところダメだったのに、今はもう平気なのね」

「…………へ？」

あたりを見回す。

鬱蒼と茂る木々たち。

よくわからない獣の鳴き声。

道端にある古ぼけたお地蔵さん。

「…………奈月、いや奈月さん。手をつないでもいいでしょうか？」

無我夢中で走ってきて気付かなかったけど、俺が一人でやってきたこの展望台、もといい山は、
広葉樹が所狭しと生い茂り、さながら富士の樹海のようだった。

心霊スポットって言われたら秒で信じるレベルでおどろおどろしい雰囲気だ。

「嫌だって言ったら？」

ジト目でこちらをにらむ奈月。

彼女の気持ちもわかる。

仲が悪すぎる俺とこんな暗い場所で、しかも二人きりで手を繋ぐなんて普通に嫌だろう。

「断られたらこの場でギャン泣きしてやる。赤ちゃんがドン引きするレベルで駄々こねてやるからな」

けれど俺だってもうどうしようもないのだ。油断すればおしっこちびっちゃうくらいビビりきっているのだ。

「ま、まったくしょうがないわねシンタローは……私がいなきゃ何もできないんだから」

しょうがないなぁと言いつつも、奈月は何故か嬉しそうに俺の手を握る。

こいつ、俺ができないことを見つけると昔からすっげぇ喜ぶんだよな。性格の悪いヤツだぜ。

奈月の腕にしがみつきながら、来た道を戻る。

全力疾走すれば五分くらいで降りられるのに、奈月は何故かゆっくりと歩を進める。

「なぁ……もうちょっと早く歩こうぜ……」

「見てシンタロー、あんなところにお墓があるわよ！」

彼女が指差した方向には、文字通り古びたお墓があった。

「ぴえんっ！」

俺はたまらず奈月に抱きつく。

「……ふぅん……悪くないわね……」

「何がだよ!?」

恐怖で顔を引攣らせる俺を見て、奈月はニヤニヤしながら俺から奪った懐中電灯でお墓を照らす。

「やめろ！　呪われたらどうすんだ！」

「ふふっ、大丈夫よ。シンタローはビビリね」

ビビりまくる俺を面白がる奈月、先程、紅白戦で負けた鬱憤を晴らしているに違いない。

ゆっくり山を下っていると、背後からガサガサと茂みが揺れるような音が聞こえた。

「ひいっっ!!」

女の子の様な悲鳴を上げる俺。

奈月がすぐさま懐中電灯で照らす。

けれど、何もいない。あるのは鬱蒼と茂る木々だけだ。

「な、何か変な音したよな……」

「えぇ。動物かしら？」

「さっさと行こうぜ……」

奈月の背中に顔を埋める。

「ちょ、ちょっと！　何してんのよ！」

「いや怖すぎて前を見たくない。視覚情報を遮断したい」

「意味わかんないこと言わないで！　い……いま汗かいてるから……っ！」

「安心しろ。俺はお前が臭くても我慢できる、恐怖ゆえにな」

「……置き去りにされたいの？」

「嘘ですすみません良い匂いです」

もじもじする奈月の背中に張り付きながら、山を下る。

少しすると、彼女はまたもや歩みを止めた。

「どうしたんだよ……っ！」

「いや、何か赤い光が見えたような気がして」

「お……俺を怖がらせようったって、そうはいかないぞ！」

彼女が懐中電灯で照らす方向を、恐る恐る見つめる。

「なんだよ何もいねぇじゃねぇかよ……驚かせんなよな」

そう言いながら奈月の方を見ると、彼女は目を見開いて、俺たちが来た方向、展望台の方を見つめていた。

おいおい背後にいましたパターンかよ……マジでやめてくれよ……っ！

恐怖心と好奇心がないまぜになったような不思議な感覚が体を支配する。

ダメだ……後ろを振り向いてしまう……！

「……っ？」

振り向いて、目を凝らす。

赤い二つの光。

茶色い大きな体躯。

よだれを垂らしながら威嚇音を発する口。

とっても大きな猪さんがいた。

猪さんとの距離は二十メートルほどしかない。

俺は人生の終わりを察知して、ぼそりと呟いた。

「これなんてクソゲー？」

「シンタロー、私から離れないで……っ！」

身を呈《てい》して俺を庇おうとする奈月。

「こういう時は落ち着いて距離をとれば、猪の方から逃げていくって、動画で見たことがあるわ……」

「まじかよ動画すげぇな……！」

「だから大きな声は出さないで……落ち着いて距離をとるのよ……」

「了解した……！」

奈月は俺と猪の間に入って、ゆっくりと後ずさる。ちなみに俺は彼女の背中で震えていた。しょうがないだろ……だって怖いんだもん……っ！

「ぶごっ……っ！　ぶごっ……っ！」

猪さんは動画の情報を無視して、体勢を低くし臨戦態勢に入る。

「あれ……奈月さん？　猪さん、すっごい助走つけてるんですけど？　これ無理矢理突貫しようとしてない？　強気なムーブ敢行しようとしてない？」

「まさか……そんなわけ……」

わかりやすいフラグをたてる奈月。

「ふごぉぉっ!!」

猪さんは野性であるにもかかわらず、しっかりとそのフラグを回収する。

ものすごい勢いで突進してくる茶色い大きな塊。

俺はその迫力に気圧されて、正常な判断ができなくなる。視線《エイム》は乱れ、体の重心はバラバラ、まるで初心者FPSプレイヤーのように慌てふためいた。

「ひいぃぃぃいいいっ！」

「ちょ！　シンタロー!!」

俺は奈月の手を引いて無我身中で駆け出した。

＊＊＊

「はぁ……はぁ……ここまでくれば安心だろ」

袖で汗を拭って、周りをゆっくり確認する。幸いなことに、猪の気配はもう無い。

「奈月……大丈夫か？」

仲が悪すぎる幼馴染は、肩で息をしながら、俺をにらみつける。

「あ……アンタねぇ……！　逃げきれたのはいいけど、ここがどこかわかってんの!?」

「どこって……そりゃ……」

冷静になって、今一度、周りを見渡す。

広葉樹林。

三百六十度どこを見ても木しかなく、特徴のない似たような風景が続いている。

「なるほど……ここはどこだ？」

「私が聞いてんのよっ！」

べしっ！　と俺の後頭部に厳しいツッコミを入れる奈月。

「しょうがないだろッ！　猪怖かったんだからッ！」

「怖いからって十分近くもマラソンしてんじゃないわよ！」

「と……とりあえずジルに連絡すれば……」

ポケットからスマホを取り出して、ジルに連絡しようとする……けれど……。

「そんな……」

無情にも表示される圏外の二文字。

「なるほどな。これが遭難か」

「ちゃんと状況理解してる!?　私たち猪に襲われるより大変なことになってるのよっ!?」

「落ち着け奈月、冷静さを欠いたら命を落とすぞ！」

「今まさに冷静さを失ったアンタに殺されかけてんのよ！」

遭難という事実、月明かりさえ僅かにしか届かない樹海、よくわからん虫の鳴き声。

俺はもう怖くて怖くて泣きそうだった、パンツも心なしか湿っている気がする。

「はぁ……ほら、来なさい」

俺は奈月に連れられるまま、大きな木の根元に座った。

「……いい？　遭難したときはまずその場を動いちゃダメなの。動画でもそう言ってた。だからアンタはちゃんと私のそばにいること、間違ってもさっきみたいに取り乱さないで」

何故か耳を真っ赤にして、動画の情報を自慢げに披露する奈月。

無人島生活とかサバイバル動画って時間を忘れて見ちゃうよね。

「まぁ……そのうちジルとベル子がどうにかしてくれるだろ」

「……死ぬほどビビりなくせに、あいつらは信用するのね」

安気にする俺を見て、隣に座る幼馴染は、呆れたような声を上げた。

「…………」

「…………？」

少しだけ触れる肩。

奈月の体は、カタカタと、小刻みに震えていた。

……冷静に考えれば、こんな真っ暗な樹海で遭難（ガチ）するなんて、怖いに決まってるよな。俺も怖いもん。普通に泣きそう。

「奈月……怖いのか？」

「は、はぁっ!?　別に怖くないし！」

「でも、震えてるだろ……」

「……これは……その……ちょ、ちょっぴり寒いだけよ！　別に怯えてるわけじゃないんだから……！」

人前では強気にでたり尊大にふるまう奈月だが、本質的には彼女はそんな性格ではない。

幼少期は俺のシャツの裾を握っていないと一人で出歩くのも怖がるくらいの臆病な性格だったのだ。そんな彼女が自らを大きく見せようと立ち振る舞うようになった理由は、おそらく俺の最低な発言のせい。

『俺はお前と遊ぶより、画面の向こうにいる強いやつと殺しあう方が百倍楽しいんだよ。弱いやつと遊んでも楽しくない』

今はもう嫌われきってしまっているけれど、昔の奈月は俺にべったりだった。

幼い子供の世界観。その当時の奈月にとって、結婚の約束をするくらい好いているであろう俺の発言は、親の発言よりも重たいものだったろう。

奈月はそのころの幻影に、今も囚われ続けているのだ。

強くならなければ捨てられると、そう思い込んでいるのだ。

「……ほら」

強がる幼馴染に、俺が着ていたパーカーをかける。

「これで寒くないだろ？」

少し頬を朱に染めて、怪訝そうに俺のパーカーを着る奈月。

「……ちょっと汗くさい」

「我慢しなさい」

「……まぁ、ないよりはマシよね………ありがと」

静まり返った森の中で、ギリギリ聞こえるくらいの小さな声で、お礼を言う奈月。

「…………」

「…………」

無言の時間が続く。

次に紡ぐ言葉が見つからない。


だから俺は、五年間、ずっと喉につかえていた言葉を吐き出した。


「奈月、ごめんな」

「何よ急に……別にもう怒ってないわ。あんたがビビりなのはもともと知ってたし」

「違くて……まぁ遭難させちゃったのも悪いと思ってるけど、俺が言いたいのは、もっと前……その……五年前のこと……」

五年前という単語を聞いた瞬間、彼女は驚いたような顔をしていた。

……実を言うと俺も驚いていた。

こんなこと、むず痒くて恥ずかしくて、いつもなら言えない。

奇しくも、遭難という突飛な状況が、つかえていた言葉を吐き出させる大きな要因になったのだ。

「俺、ずっと謝りたかったんだけど、子供だからさ……お前の優しさにずっと甘えてた……だからちゃんと謝る。五年前、酷いことたくさん言って、ごめんな」

言葉を選びながら、ゆっくりと話す。

たったこれだけの言葉じゃ許されるはずもない。

それだけのことを俺は奈月にしたのだ。

「……っ！」

いつも吊り上がっている目尻が、自信なさそうに垂れる。

今の彼女は、仲が悪すぎる幼馴染でもなく、世界ランキング二位のスナイパーでもない。

出会った当初の、ただの気弱な女の子だった。

「シンタローは悪くない……私が、シンタローのこと、ちゃんと守ってあげられなかったから……！」

涙で声が滲む。それでも奈月は続ける。

「シンタローが、死ぬほど辛い思いをしてたのに、私、何もできなかった……！」

「……っ」

五年前。

俺は、大好きだったお父さんとお母さんを、一度に失った。
お父さんも、お母さんも、俺を命をかけて守ってくれた。
何度後悔したかわからない。
親を殺した銃弾の音が、耳から離れなかった。
俺がもっと強ければ……父さんと母さんを守れるくらい強かったら……。
そんなどうにもならないことを、ずっと考えていた。
心が荒んで、仮初めの強さだけを追い求めて、ＦＰＳをはじめた。
どんどん上がっていくランキングだけが、俺の心の支えだった。

そんな時に、俺は２Ｎ《奈月》さんと、出会ったのだ。

「俺が……楽しそうにゲームをするお前に……どれだけ救われたか……」
奈月につられて、何故か俺まで涙目になる。
殺伐した日常に突如現れた、俺と気が合いすぎるスナイパー。
その正体は、仲が悪すぎる幼馴染。
五年前、ひどい言葉を幾度となくぶつけた。
それなのに奈月は、俺が彼女を拒絶した五年前から、ずっと見守ってくれていたのだ。
スコープの先で、俺の背中を。

「……奈月」

五年前から、伝えたかった謝罪の言葉はもう伝えた。

だから次は、五年間の想いを告げよう。

「ありがとう。ずっと、そばにいてくれて」

「……っ」

奈月と目が合う。

瞳に溜めた涙は星空を映して、キラキラと輝く。

頬を朱に染めた彼女は、ひどく妖艶で、そして美しかった。

「私は……もっと強くなる。シンタローの隣に……世界最強の隣にいられるくらい、強く」

肩が密着して、吐息が当たりそうなほど、顔を寄せる奈月。

「……もし……私がシンタローより、強くなったら……ずっと一緒にいてくれる？」

遠い過去、どこかで聞いたことのあるようなセリフ。

憂う瞳から、流れ星のように涙が一つ、零れ落ちる。

暗い森の中、星空の明かりだけを頼りに、奈月の手を握った。

俺の答えはとっくの昔から決まっている。

「あたりまえだ、俺たちは仲間《チーム》だからな」

吸い込まれそうな、瞳。

俺と奈月の距離が、どんどん近くなる。

心臓の音が聞こえそうなくらい、吐息がかかるくらい、近くなった。

その瞬間。

聞き覚えのある低い声が聞こえた。

「浮気か？　クイーン？」

奈月の背後に、びっくりするくらい怖い顔をした親友（ガチホモ）と腹黒配信者が立っていた。

「ジル!?　どうしてここに!?」

「ＧＰＳ。圏外でもクイーンの居場所をメートル単位で正確に割り出すことができるぞ」

「お前いい加減捕まれ」

遭難しかけた俺たちを救ってくれたことには感謝するけれど、犯罪行為すれすれの行為は勘弁してほしい。

「ところでタロイモくん、奈月さん。今何しようとしてたんですか？」

いつもの甘ったるい声は何処へ行ったのか、抑揚のない平坦な声でベル子は問う。

俺が彼女に反応する前に、奈月が顔を真っ赤にして大声を上げる。

「これは……っ！　その……あれよっ！　この馬鹿が情けないくらいビビってたから仕方なく近くにいてあげただけで、別に深い意味はないんだからっ！　勘違いしたらヘッショなんだからねっ！」

相も変わらずツンデレる奈月。

どうやらまだ、俺と奈月の関係は、仲が悪すぎる幼馴染のままらしい……。

＊　＊　＊

海から太陽が昇ってくる。

朝焼けの中、キラキラと水面に光りが乱反射して、幻想的な景色を生み出していた。

俺と奈月のプチ遭難から一夜明け、俺たちは合宿二日目を迎えていた。

「俺、お前たちとチーム組めて、本当に良かったよ」

景色にほだされて、そんな恥ずかしいことを口走る俺。

「……それは私たちのセリフよ、シンタロー」

奈月が恥ずかしそうに、ぽつりとつぶやく。ジルもベル子も、笑みを浮かべていた。

むず痒くなった俺は、後ろ頭をかきながら、前髪で目を隠して、別荘の方へと歩き出す。

「さぁ、飯食ってＲＬＲしようぜ」

四人で軽口を交わし合いながら、別荘に向かう。

まだ合宿は二日目を迎えたばかりだけれど、俺は、このチームの仲が、前よりもっと深くなったような気がしていた。

ラウンド１２　真っ白な女の子

八月上旬。夏休み真っ只中。

午前中だけれど、うだるような熱線が太陽から発射され、俺の皮膚に突き刺さる。

俺はカーテンをすぐさま閉めて、クーラーの温度を一度下げた。

ＰＣの電源をつけて、ゲームを開く。

「よし、やるか」

合宿を終え、公式大会を五日後に控えた俺は、さらなる技術向上の為、ソロで北米サーバーに潜っていた。目的は北米サーバーのプレイヤーの癖になれる為。エイム力至上主義の戦闘民族に対して、できる対策はなるべく打っておきたい。

夏休みにもかかわらず、ソロでログインしているのには理由がある。

ジルもベル子も、今日は外せない用事があるのだ。

というわけで、いつもの練習は休みになっている。

奈月は、午前中は皐月さんと買い物、午後からログインできるらしい。

午後からは奈月《2Nさん》と久々の二人組《デュオ》だ。

「用事とはいえ、良い気分転換になるといいけど」

そんな独り言をこぼしながら、物資を拾う。

合宿を終えた後も、俺たちはオンライン上で練習を続け、以前よりさらに連携がとれるようになった。連携以外にも、個々の技量はかなりレベルアップしていると言っていい。

特に成長が目覚ましいのはベル子。

奈月にはエイム。ジルには反動制御《リコイルコントロール》。そして俺には近距離の立ち回り方。それらを聞いて、貪欲に取り込んでいった。聞くだけじゃもちろん上手くならない。この一ヶ月で、文字通り血の滲むような努力をしたはずだ。

いや、努力という表現は間違っているかもしれない……。

とにかく、夢中でＲＬＲをプレイしていたのだ。

練習すれば伸びるスキルは軒並み伸びている。才能でしか手に入れることのできない反則スレスレの索敵スキルを身につけている分、練習すればもっと強くなれる可能性を秘めているとは思っていたけれど、戦闘面においてこれほど化けるとは思っていなかった。

まだ粗が多い段階だけれど、限定された状況下においては、無類の強さを発揮するだろう。

もちろん、成長したのはベル子だけじゃない。

ジルや奈月、俺だって新たな得意を生み出している。

今はそれを公式大会にぶつけたくてウズウズしている段階だ。

「よし！　調子は悪くない！」

ＰＣ画面には勝利を告げるメッセージが表示されていた。

曲がりなりにも世界最強《トップランカー》。

ランクが低い、入ったばかりの北米サーバーで負けるわけにはいかない。

もう一度潜ろうと、左上のボタンをクリックしようとする。

けれど、ヘッドセットの向こう側からなにか甲高い音が聞こえた。

外して耳を凝らす。どうやら玄関のチャイムが鳴っている様だった。

「そういや新しいマウスパッド頼んでたんだよな」

おそらく密林さんからのお届けものだろう。

椅子から立ち上がり、玄関へと向かう。

「お待たせしました～」

呑気に玄関を開ける。そこには俺が予想していた若い配達員のお兄さんはおらず、白い小さな別の何かが佇んでいた。

一瞬驚いて、すぐに冷静になる。

銀髪、小さな赤目の女の子が、黒い大きな日傘をさして玄関前に立っていた。

年齢は中学生くらいだろうか……？　人形のように顔が整っていて、怖くなってしまうくらいの美がそこにあった。

肌は透き通るように白く、服装も白のワンピース。可愛らしい厚底のサンダルを履いている。

真っ白な肌に真っ白な服装。そして赤目。

顔立ちも日本人とはかけ離れている。この前テレビで見たアルビノというやつなのかもしれない。

「……あの、どちら様でしょうか……？」

「……」

俺の問いかけに対して、真っ白な美少女はいそいそとスマホをとりだし、ぎこちなく画面をたぷたぷしている。

すこし経って、彼女は口を開く。

「わたし……ふぁん……あなた……」

「ファン？　君が、俺の……？」

コクコクと無表情で頷く彼女。どうやら日本語はあまり喋れないらしい。さっき操作していたのはスマホの翻訳アプリのようだ。

それにしても……ファンか……どう考えてもＲＬＲ関連だよな……。

俺氏、まさかついに住所バレしたの？

俺は恐怖で身震いしつつ、彼女に質問する。

「なんで、俺の家、わかったの…？」

彼女は俺の言葉を一生懸命聞いて、スマホをたぷたぷつつく。

「……しらべた」

いや怖えーよ。

この子……俺のアンチ共が送り込んだ刺客なのかもしれない。

俺はすぐさまあたりを見渡す。

けれど人影はなかった。

「どこからきたの？」

「………ゆーえすえー、あめりか」

……日本人じゃないとは思っていたけれど、アメリカ人だったのか。なんかイメージ的には短絡的だけど、ロシアの美少女って雰囲気だ。

「アメリカって……お父さんとお母さんは？」

「……ひとりできた」

「ひとりでここまで？」

「……はい」

相変わらずの無表情で、けれどどこか恥ずかしそうに答える彼女。俺はさらに質問を重ねる。

「何の為に、はるばるこんな所まできたの……？」

彼女は指をさす、俺の方に向けて。

「しんたろ……あう、ため……ふぁん」

アメリカからはるばる俺に会いにきたファンか、しかも美少女。

……うーん、どう考えても詐欺だよなぁ。

「悪いけど、俺今忙しくて……」

玄関を閉めようとする。

その瞬間、真っ白な彼女の目からぶわっと涙が溢れる。

「せめて……さいん……」

彼女は背負っていたリュックから、泣きながら色紙をとりだす。

何この罪悪感。俺悪いことしてないよね……？

俺がなんとか泣きやませようとあたふたしていると、

「シンタロー、何してるの？」

左隣から底冷えするような声が聞こえた。

視線を飛ばすと、買い物袋を持った奈月が立っていた。ちょうど買い物が終わったタイミングで出くわしてしまったらしい。

俺の目の前には泣いている外国人美少女。このパターン、そういやベル子の家に行った時もあったな……。

「通報した方がいい？」

予想通りの奈月のセリフに俺は落ち着いて対処する。

「落ち着け奈月、これは違うんだ」

「何が違うの？　このロリコン」

スマホをとりだし電話をかけようとする奈月。それを阻止しようと玄関から飛び出す。

けれど、Tシャツの裾を真っ白な彼女に掴まれる。

「……いっちゃ、だめ」

「いやでも、このままじゃお兄さんロリコンになっちゃうんだけど……」

俺の裾を掴んだ彼女は、先ほどまでのほわほわした無表情とは打って変わって、眉間にしわをよせて、奈月をにらみつける。

「なつき、２Ｎ、ぬーぶ、よわぃ」

俺はその言葉に戦慄する。

この子、奈月の正体まで知っているのか……。

それと同時に俺は奈月の返答に内心ヒヤヒヤしていた。

……まぁ、ジャックナイフウーマンである奈月も流石に年下の女の子には食ってかからないだろう。

「何このクソガキうざいんだけど」

やっぱりだめかぁ～。

真っ白な彼女も、奈月に馬鹿にされたと理解したのか、言葉を続ける。

「……２Ｎ、よわい、しんたろ、の、あしでまとい」

「はぁ？　アンタ誰に向かって口利いてんの？」

「……へぼすないぱー」

「泣かすぞクソガキ」

「ちょっ！　やめてやめて！　仲良くしてぇっ！」

バッチバチにやり合う二人の声を聞きつけて、御近所さんたちが窓から顔をのぞかせる。まずい、これ以上は俺のメンタルがやられてしまう……！

なおも罵り合いを続ける奈月と真っ白な女の子をなんとか俺の部屋に連れ込む。

「はぁ……」

そして、俺は今日イチ大きな溜息を吐いた。

眉間にしわをよせてベッドに座る幼馴染、無表情で俺のゲーミングチェアに座る謎の美少女。

自分の部屋をカオスな空間にしてしまった自分のムーブに、若干の後悔を抱きながら、空気を変えようと俺は行動を開始する。

「……とりあえず、麦茶でも飲む？」

麦茶を片手に持った俺のジェスチャーで意図を汲んだのか、コクリと頷く真っ白な美少女。

彼女の目の前にコップをおいて、俺は冷蔵庫から持ってきたキンキンに冷えた麦茶を注ぐ。

奈月と俺の分もついでに注いだ。

まじまじとコップを見つめたあと、彼女は小さな手でそれを持って、ちびちびと飲み始めた。

「シンタロー、こんな礼儀知らずのガキに優しくする必要ないわよ。とっとと親の元に強制送還するべきだわ」

麦茶を可愛らしく飲む彼女に相変わらずツンツンし続ける奈月。いつも以上にツンの割合が多い気がする。プライドの高い奈月のことだ、弱いと言われたのがよっぽど癪に障ったのだろう。

「……麦茶くらい飲ませてやってもいいだろ」

麦茶を飲み干して、俺はそう答える。

数少ない俺のファンを無下にすることはできない。塩対応すれば、ＳＮＳに悪口を書かれまくるかもしれないからな。別にすげぇ美少女だからとかそういうのはまったく関係ない。あくまでファンサービスだ。人類皆平等。

「アンタ、こういうストーカー気質の女に優しくすると後々後悔することになるわよ？」

「……まだ中学生くらいだろ？　ちょっぴり冒険したい年頃なんだよ」

「ちょっぴり冒険で、アンタの住所も私の正体も割り出してアメリカからわざわざ突貫してくるなんて大した中学生ね」

文字にするとたしかにやばい。

麦茶を飲み干した件の彼女の方に視線をやると、彼女は何を思ったのか、麦茶を飲み干して空になった俺のコップを、いそいそとリュックにしまい始める。

「えっ、持って帰っちゃダメだよ？」

真っ白な彼女は俺と視線を二秒ほど合わせる。そして、

「……おみやげ」

とだけ呟いて、コップをしまいきった。

「ほらね、ヤバイでしょ？」

「……たしかにヤバイな、てかコップなんて何に使うんだろう」

「はぁ？　何にだって使えるでしょ？」

「何にって、飲み物飲むとき以外にどうやって使うんだよ」

「……うっさい死ね！　変態！」

奈月に理不尽な罵声を浴びせられながら、俺は件の彼女の方へ視線をやる。

すると、コップをしまってご満悦な彼女は、コップの代わりに色紙とマジックをリュックから取り出す。

「しんたろ、さいん」

無表情で、俺の胸元に色紙とマジックを押し付ける彼女。

「……サインとかしたことねーけど、しゃーねぇなぁ」

サインねだられるなんて人生で初めてだし、悪い気はしなかった。

ジト目の奈月と視線を合わせない様に気を付けながら、有名人になった様な気持ちで、俺は彼女から預かった色紙にサインをする。

「……かっこいい」

俺のサインを見て、真っ白な彼女は感嘆の声をもらす。

へへっ、中学生の頃にサインの練習しといてよかったぜ。

「なにこのミミズみたいなの？」

「ミミズじゃねぇよ！　かっちょいい俺のサインだよ！」

「センスなさすぎ」

「うっせぇ！」

「……2N、ほっとく、しんたろ、これも」

俺のサインを可愛らしいリュックにしまった彼女は、代わりに、分厚い書類の様なものを取り出す。

「ついでに、さいん」

びっしりと英語で書かれた契約書のようなものを、笑顔で見せられる。

「なにこれ？」

「……さいんして」

「いやでもこれは……流石に……」

読めない英語で書かれた契約書に、二つ返事でサインしてしまうほど俺もバカじゃない。

「……Please make a contract. I won't regret it.」

俺が断ろうとすると、涙目になって英語を話す真っ白な彼女。

ダイアモンドのような涙に、俺は吸い込まれそうになる。

うん……こんな美少女が悪い人間なわけないよな。

マジックを手にとる。

「何サインしようとしてるのよ、このロリコン！」

「痛っ！」

後頭部をペシンと奈月に叩かれて、我に帰る。

「……２Ｎ、うざい」

「どさくさに紛れて契約書にサインさせようとするあんたの方が圧倒的にウザいわよ」

バチバチと目の前で火花を散らす彼女たち。

お腹痛い……。

俺はこのヒリついた空気を変える為、謎多き彼女に質問する。

「ところで君、名前は？」

スマホの翻訳アプリを使いながら彼女は俺に返答する。どうやら日本語はある程度聞き取れるらしい。

「………どっちの？」

「どっちのって……君自身の名前だよ」

「……Ｌｕｎａ」

「ルナか、綺麗な名前だな」

「……ありがとう、ございます」

俺が名前を褒めると、真っ白な彼女、もといルナは、頬をピンク色に染めた。

それと同時に、背後からとてつもない怒りのオーラを感じる。

「ねぇ、ス◯ブラでもしない？　いまちょうどすっごいむしゃくしゃしてるのよね」

テレビに繋いであるゲーム機を奈月は笑顔で指差す。口元は笑っているけれど、目は笑ってない。ルナはキョトンとしている。

……はるばるアメリカから来た彼女をすぐさま帰すのは忍びないので、俺は奈月の提案を受け入れた。

「奈月、あんまりやりすぎるなよ」

「わかってるって」

奈月、もとい２Nさんとは別ゲーでもたまーに遊んでいた。スマ○ラもそのゲームのひとつだ。そのス○ブラで、俺は奈月に一度も勝ったことがない。

ＦＰＳ以外のゲームは人並みにしかできない俺なんかじゃ、比較対象にもならないかもしれない。そう感じてしまうほど、素人目から見ても、奈月はめちゃくちゃ強いのだ。

「ほら、コントローラー。あんたもシンタローなんかのファンを名乗ってるくらいだから、この手のゲームのやり方くらいはわかるでしょ？」

なんかとはなんだ！　なんかとは！

奈月はぶっきらぼうに、コントローラーをルナに渡す。

ルナは無言でコントローラーを見つめて、呟く。

「……ぬーぶ、２N、ぶっころす」

「……やってみなさいよクソガキ」

胃が痛い。穴が開いちゃいそう。

俺はお腹をさすりながらゲーム機のスイッチを入れる。

頼むから何事もなく終わってくれよ……！

そう願いながら空になったコップに麦茶を入れ直して、二人の対戦を見守った。

＊＊＊

結論から言おう。

奈月のボロ負けだった。

「嘘でしょ……」

「2N、ぬーぶ、ざこ」

奈月の操るピ〇チュウはルナの操るガ〇ンドロフにメッタメタにされたのだ。

「も、もう一戦！」

「……むだ、2N、わたしにかてない」

俺も驚いていた、けれど、奈月の方がもっと驚いていた。

当たり前だ。自分のメインのゲームでは無いとはいえ、三つ以上離れているであろう女の子と十戦以上戦って一度も勝てなかったのだ。ショックに決まっている。

放心状態の奈月を無視して、ルナは俺の膝の上にちょこんと座る。

「……しんたろ、2Nよわい。わたしのちーむくるべき」

「……ま、まぁ奈月のメインゲームはRLRだしな、ス〇ブラは今日は調子が悪かったんだと思うぜ」

「………RLRなら、2Nは、もっとわたしにかてない」

「……へ？」

意味深な言葉を吐いたルナに、言葉の真意を問いただそうとするけれど、そのムーブは今日二回目の玄関のチャイムによって遮られた。

「今度こそ密林さんかな？」

チャイムの音を聞いたルナは、飛び跳ねるように俺の膝から離れ、俺のベッドに潜り込む。

「しんたろ、わたし、いない」

お尻の部分だけ丸出しにして、ルナは布団にくるまりながらじっと芋っている。

この怯えよう……もしかすると、ルナのお迎えかもしれない。

「お迎えならちゃんと帰らなきゃだめだぞ」

「………」

無言で抵抗する彼女を尻目に、俺は何度も鳴るチャイムを止めるべく、玄関に向かい、そして開けた。

「お待たせしてすみま……せ……」

俺は目の前の光景に言葉を失う。

まず目に飛び込んできたのは家の前に停まっている黒塗りの高級車。

そして、玄関前に立っていた日本人離れした顔立ちの男三人。

特筆すべきは、その男たち三人が着ていたユニフォーム。

俺はそのユニフォームを、そのロゴを、何度も動画で見たことがあった。

「VoV Gaming……！」

五日後の公式大会で戦うであろう最大のライバルが、目の前に立っていた。

ＶｏＶのゲーマー三人を前に、俺の表情は岩のように固まっていた。

当然だ。プロ野球選手を目指す少年の前に突然メジャーリーガーが現れたようなものなのだ。

「は……はろー……ないすとぅみーちゅー……！」

なんとか挨拶しようとするけれど、微妙な英語しか絞り出せなかった。恥ずかしい。

真ん中の赤髪の男が、隣の金髪に聞き取れないレベルの流暢な英語で話す。

すると、金髪の男は後ろに停まっていた黒塗りの高級車に手で合図を送る。

俺はわけもわからずキモい英語を延々喋ることしかできなかった。

彼らが車に合図を送ってしばらくすると、スーツを着たアジア系のイケメンが降りてくる。

「すみません、お待たせしました。これからの会話は私が通訳を務めさせていただきます」

スーツの男は綺麗な日本語を話しながら、丁寧にお辞儀をする。すげぇなＮｏ．１プロゲーミングチーム、通訳まで雇ってるのかよ。

リーダーらしき赤髪の男が、通訳に、俺の目を見ながら話しかける。

「突然押しかけてしまってすみません。ウチのエースが、貴方の所へお伺いすると書き置きを残していたので」

「ウチのエース……？」

……ＶｏＶのエースって、diamond《ダイアモンド》 ruler《ルーラー》のことだよな。

……まさか。

「……その、ルーラーさんって……このくらいの小さな女の子だったりします……？」

俺はジェスチャーで、今日突然押しかけてきた彼女の身長を、赤髪の男に伝える。

「そうです、彼女は十八歳という年齢にそぐわず小柄な体型です。それと赤目で銀髪」

予想していた回答とぴったり重なる。

「マジか……」

アメリカからはるばる凸《トツ》スナしてきた彼女はどうやらdiamond ruler《ダイアモンドルーラー》だったようだ。

ルーラーが俺のファンだったことに歓喜する反面、この衝撃の事実を奈月が知ったら俺の胃に穴が開くレベルのブチギレをかますことは容易に想像できた。背筋が凍る。

「……どうやらルーラーがご迷惑をおかけしたようですね、本当にすみません、彼女は貴方のことになると見境が無くなってしまうんです」

「いえいえとんでもない……！　すぐに連れてきますね……！」

俺は近所のおばさんのように笑顔でお辞儀すると、速攻で自分の部屋に戻る。

扉を開けると、布団に芋っている。北米最強スナイパーに喋りかける。

「……おい、ルーラー」

「……わたし、るな、るーらーしらない」

ルーラーという単語を聞いて、ス〇ブラでボッコボコにされて放心状態だった奈月が意識を取り戻す。

「ルーラー？　……待って、どういうこと？」

「この真っ白な美少女の正体が、diamond《ダイアモンド》 ruler《ルーラー》だってことだよ。今外にVoVのメンバーが迎えに来てる」

「……そんな……嘘よ……私、またルーラーに……負けたの……？」

部屋の隅で三角座りをして小さくなる奈月。ツンデレを通り越してグサグサレベルでブチギレるかと思ったけれど、予想に反して地面に埋まりそうなくらい落ち込んでいた。

けれど今は奈月に構っている暇は無い。

北米最強スナイパーをなんとかVoVに引き渡さねばならぬ。

「ルーラーちゃん、でておいでー」

「………」

無言の抵抗を続けるルーラー。

しょうがないので布団を無理矢理ひっぺがす。

「……んー！」

「ちょっ！　布団を食べるな！」

布団にかじりついて帰宅拒否する彼女。この女、相当ヤベーやつ……！

「……わかった、俺の根負けだ。……そうだな。素直に今日は帰ってくれるなら、俺の部屋にあるものでPC以外ならひとつだけなんでも持って行っていいぞ。それでどうだ？」

ただのコップをおみやげと称して持って帰るようなファン過激派であるルーラーであれば、この手の話、食いつかないわけがないだろう。

「……ん」

ルーラーは何故か俺の方を指差す。

「じゃあ、しんたろ」

「……おみやげは無機物に限ります」

「……なら、むり」

ぷいっとそっぽを向く彼女に俺は一瞬で詰めよる。

俺の質問の真の目的は、彼女の口を布団から引き離すことにあったのだ。

「……んー！」

真っ白な彼女を持ち上げて、いわゆるお姫様抱っこで捕獲する。身長が小さい分、もやし男の俺でもすんなり持ち上げることができた。

そのまま北米最強スナイパーを玄関まで連れて行き、ＶｏＶの面々に引き渡す。

「しんたろ、わたし、あきらめない」

ちょうど宇宙人が両脇を抱えられてつるされているような情けない格好で、ルーラーは高らかに宣言した。

「……You should join my team. You don't have to be in this small country.」

「……？」

突然の英語に目を白黒させていると、通訳さんが翻訳してくれる。

「シンタローさんは、私のチームに入るべきです。あなたはこの狭い国にいる必要がない」

「俺が……ＶｏＶに……？　そんなまさか」

ルーラーの言葉に続くように、赤髪の男も口を開く。俺は通訳さんの言葉に耳を傾けた。

「彼女の意見に私も同意です。貴方はＶｏＶに来るべきだ。その才能をこんな小国で腐らせるには勿体無い。アメリカにくれば貴方の技術は正当に評価され、もっと大きな額の金銭だって手に入る」

「……ちょっと待ってくれ、俺はそんな大した男じゃ……！」

俺が謙遜すると、赤髪の男の目の色が変わる。

ルーラーを金髪にしっかり捕獲させて、俺の方へと向きなおる。

「それでは私は、大したことないアマチュアの男に、二年間もランキングで負け続けていると言うことですか？」

「……っ！」

「今回の公式大会は、賞金もほとんど出ないし、それに日本の学生たちが主体のレベルの低い大会。そんなメリットの薄い大会に、ＶｏＶをはじめ、数多のプロゲーミングチームが参戦を表明したのには理由がある」

赤髪の男は俺をにらみつける。

「シンタロー、貴方がいるからだ」

俺は嬉しいような怖いような、そんな感覚に陥っていた。

「アマチュアでありながら、錚々《そうそう》たる面々を下し、二年間も総合ランキング一位の座を欲しいままにしている。……私はそれが許せない。だから決着をつけにきた。ＶｏＶもＧＧＧもteam heavenも、貴方を公式大会という正式な場で倒すことが目的でしょう」

「………っ！」

全身の毛が逆立つ。

強豪と呼ばれるプロゲーミングチームの新進気鋭の若手たちが、揃って俺を潰しにくる。らしい。

……あれ？　詰んだくね？

「だから貴方も、お遊びなんかじゃなく、真剣に戦ってほしい」

「……お遊び？」

「見ましたよ。BellKの動画。貴方のチームの情報は全て調べ上げて、動画も穴が開くほど見た。その上で、言いたい」

「ナメてるんですか？」

赤髪の男は、怒りを隠そうとせず、そう告げた。

「２Ｎは貴方に依存するだけのスナイパー、スコープの覗き合いに関しては自分の有利な状況じゃないと実力を発揮できない。Zirknik、反動制御には目を見張るものがありますけど、それ以外の立ち回りがお粗末すぎる。……BellKの索敵は評価されるべきでしょう。けれど、索敵だけだ。それ以外はアマチュアの中学生にだって負ける」

　俺は黙って聞いていた。

　確かに正論だ。

「貴方はあんなお遊びチームでゲームをするべきじゃない。大会が終わった後でもいい、ＶｏＶに来るべきだ。ウチには、貴方の実力に見合ったプレイヤーがたくさんいる」

「……」

　お遊びチーム？

　仲間の顔が、フラッシュバックする。

　少しでも勝率を上げる為、新たな武器を模索している奈月。

　高いプライドをかなぐり捨ててまで、弱点を少しでも補おうとするベル子。

　人一倍仲間想いで、チームにあった立ち回りを研究しているジル。

　この赤髪は正論を吐いている。

　だがその正論は、二ヶ月前の俺たちに限った話だ。

　正直怖い。勝てる保証なんてどこにも無い。

　けれどここで引くわけにはいかない。

　ここで引けば、俺の大事な仲間たちの努力を、頑張りを、俺自ら否定することになる。

「ＶｏＶだかＧＧＧだか、なんだか知らねーけど、UnbreakaBull《俺たち》に勝ってからそういう大口は叩くんだな」

通訳の言葉を聞いた赤髪の男は眼光をさらに鋭くする。

そりゃ腹立つよな。アマチュアの何の結果も残していない無名チームにそんなこと言われたら。

けれど、俺だって。

大事な仲間を馬鹿にされて、黙っていられるほど大人じゃない。

「上等だ。俺たちに勝ったらＶｏＶでもどこでも好きなところに行ってやるよ。……その代わり、俺たちが勝ったら、さっき吐いたお遊びチームってセリフ取り消せよ？」

赤髪に負けじと、俺もにらみつける。

赤髪にひく気配は無い。

……やべぇ普通に怖い。ちょっと言いすぎたかも。

「……しんたろ、そのことば、わすれないで」

ルーラーがチームメンバーに捕獲されたまま、口を開く。

「わたしかてば……しんたろ、わたしのもの」

先ほどのあどけない少女とは思えないほどの妖艶な笑みで、ルーラーは俺にそう告げた。

エピローグ

「ねぇ……なんでないてるの？」

引っ越してすぐ。

近所の公園へ遊びに行く道中で、迷子になってしまった私に、声をかけてくれた優しい少年。

それがシンタローだった。

「うっ……ひぐっ……おうちわかんなくなっちゃった……っ！」

「……迷子か……うーん、どうしようかな……」

昔の私は、ちょっとしたことですぐに泣いてしまう臆病な子だった。

それこそＦＰＳなんて血なまぐさいゲーム、見るだけで半泣きになってしまうほどだ。

「とりあえず……家くる？　腹へってるだろ？」

無邪気に笑うシンタロー。

どうしようもなく不安だった心を、柔らかく包み込んでくれるようなそんな笑顔。

極度の人見知りだったにもかかわらず、なぜか私は簡単にほだされた。

「……手、つないでいい？」

今考えれば顔から火が出るほど恥ずかしいセリフ。けれど当時の私は見栄を張る余裕さえなかったのだ。

歩いてすぐの場所に、シンタローの家はあった。

というか私の家の隣だった。

「ここ、わたしのいえ」

「マジ……？」

「まじ」

「姉ちゃん飯作ってるだろうし……せっかくだから食べてけよ。おとなり同士仲良くしないとな！」

「……うん」

それからというもの、私は頻繁にシンタローの家で遊ぶようになった。

同年代の友達があまりいなかったというのもあるけれど、臆病な私にとって、シンタローのような、なんでも活発にこなす異性は、とても魅力的に映ったのだ。

足が速い男子を好きになってしまう小学生特有の感性だったのかもしれない。

何をするにもシンタローの後をついていく。

彼もまんざらじゃないような雰囲気だったし、結婚の約束をしてしまうくらいには仲が良かった。……悪くない関係だったと思う。

……けれど、ある日を境に私たちの関係は一変する。

十二月二十三日。

シンタローが中学一年生の年、彼の両親が、痛ましい事件で亡くなったのだ。

その非日常は、シンタローの心をひどくかき乱して、ぐちゃぐちゃに壊した。

あたりまえだ。思春期真っ盛りの多感な時期に、他者の悪意によって何よりも代えがたい家族を失ったのだ。壊れないほうがおかしい。

シンタローがＦＰＳにのめりこむのは、それから少し経ってのこと。

当時の私は今よりもっと子供で。

『ずっと一緒だったのに、ＦＰＳという野蛮なゲームのせいで、シンタローは遠くに行ってしまった』

そんなことをずっと考えていた。

ＦＰＳが彼の心のよりどころだったのかもしれない。

けれど私はそれが許せなかったのだ。心のよりどころを、シンタローを慰める役目を、ゲームなんかにとられるのが我慢ならなかったのだ。

だから私は、シンタローをＦＰＳから遠ざけようと躍起になった。ＦＰＳさえなくなれば、シンタローは私と一緒にいてくれる。そう妄信していた。

映画やご飯に誘ってみたり、シンタローのお姉さん、冴子《さえこ》さんに協力してもらって、彼の部屋に居座ったり。思いつく限りの手法を試した。

けれど、満足のいく結果は得られなかった。

『俺はお前と一緒に居るより、画面の向こうにいる強いやつと殺しあう方が百倍楽しいんだよ』


ＦＰＳゲームに、私は劣る。

大好きな人をＦＰＳゲームにとられた。


『じゃあ……私がシンタローより強くなったら、ずっと一緒に居てくれるのね』

取り返すしかない。


シンタローよりも強くなれば、彼は私を見てくれる。

一緒にいてくれる。

気付けば私は、毎年ためていたお年玉を全額使ってゲーム用のパソコンを買っていた。

「はぁ!?　なんで今の死んだの!?」

「ちょっと！　さっきの当たってたでしょ！」

それまで全くゲームをやってこなかったド素人が、高いプレイヤースキルを要求されるＦＰ

Sで好成績を残せるはずもなく、初めて二日で私は半ば諦めかけていた。

「もっと別の方法を探したほうがいいのかなぁ……」

カチカチと適当にマウスを動かしていると、ふと開いたページで、見覚えのある名前が表示された。

「RLR……ASサーバー……1位、Sintaro……！」

すぐさまそのプレイヤーのマイページに飛ぶ。

「間違いない……シンタローだわ……！」

プロフィールの情報すべてが、彼と一致していた。

驚きよりも先に、絶望する。

こんなに難しいゲームで、アジアランキング1位。

「追いつけるわけがない……」

本当に諦めかけたその時。

シンタローが投稿していたプレイ動画が表示された。

「すごい……」

私なんかとは比べ物にならないほどの鮮やかなムーブ。

いや、それよりも。

「楽しそう……」

私の前では一切笑わなかったシンタローが、楽しそうにほかのプレイヤーと談笑しながらゲームをしていたのだ。

私も、シンタローの後ろを守れるくらい強くなったら、一緒に笑いながらゲームできるのかな……。


「……っ」

マウスを強く握る。


彼のムーブについていく為に、おいていかれない為に、毎日必死に練習した。

シンタローが唯一苦手だったエイム力を、誰にも負けないくらい磨き上げた。

つらくて諦めそうになった時も、彼の笑う声を思い出せば、不思議と頑張れた。

「フレンド申請通った！　やった！　これで毎日一緒にゲームできる！　……ふふっ！」

ある程度動けるようになって、シンタローとオンライン上だけどゲームをするようになった。

それだけで飛び上がるほどうれしかったんだけど。

「……こいつ……化け物すぎる……」

実力が近くなればなるほど、シンタローの傍若無人なまでの強さに打ちのめされる。

決めきれるところで失敗し、シンタローの足を引っ張った日は怖くて夜も眠れなかった。

『俺はお前と一緒に居るより、画面の向こうにいる強いやつと殺しあう方が百倍楽しいんだよ』

また、そう告げられるんじゃないかって、毎日気が気でなかった。

絶対に失敗できないという状況は、私のエイム力をさらに引き上げる。

「もっと……強くならなきゃ……全部敵の頭に当てられるくらい……強く！」

それから、五年後。

ようやく私とシンタローの差は、世界ランキング一位差まで縮まった。

「私は、もっと強くなる……世界最強の隣にいられるくらい……強くなる」

トレーニングモードで、動き続ける的すべてを撃ち抜きながら、私は静かにそうつぶやいた。

《了》

あとがき

初めまして。田中ドリルと申します。

この度は拙作『仲が悪すぎる幼馴染が、俺が5年以上ハマっているFPSゲームのフレンドだった件について。』を手に取ってくださり、本当にありがとうございます。

小説を書き始め、この作品が生まれ、そして本になるまでのスパンが短すぎて、私は自分の書いたものが売り物になって大丈夫なものかと、今このあとがきを書いている瞬間も不安でいっぱいです。

……実を言うと私は、この本を書くまではFPSはやったことがありませんでした。

ネットにアップしていた拙作に対して、ブレイブ文庫さんから書籍化のオファーをいただき、大喜びしていたところ、私の脳内に一つの疑問が浮かび上がります。

『こんだけFPSのこと書いてんのに、作者FPS未経験って大炎上案件じゃね……？』

私は財布を空っぽにしつつも、雷鳴のごとき速さで二十二万円のゲーミングPCを購入。

それからというもの、私は某有名バトロワFPSを四六時中プレイしました。敵強すぎだし弾当てるのむずすぎだしドン勝つ獲れなさすぎだし正直何度もあきらめかけました。

それでも、ネットで作品を読んでくださった方たちがフレンドになって励ましてくださり、少しずつだけど上達して、今では1マッチに1キルとれるくらいに成長しました。

高鳴る鼓動、手に滲む汗の感触、走ってもいないのに乱れる呼吸。

ＦＰＳは熱い。ｅスポーツは熱い。実際の体を動かすスポーツと同じくらい熱い。いずれは野球やラグビーやサッカーのように、日本中が最高に熱くさせてくれるコンテンツに成長すると、私は確信しています。

シンタロー。奈月。ベル子。ジル。ＦＰＳに出会わせてくれて、本当にありがとう。

俺、敵の暴言にもめげず、足音を一切出さずに階段上でサブマシンガンを構えるタイプの立派なＦＰＳ廃人に成長したよ。

ＦＰＳをやったことがある人も。やったことがない人も。この本をきっかけに、もっとＦＰＳを好きになってもらえると、これ以上の幸せはありません。

長くなりましたが、そろそろ私は戦場へ戻ろうと思います。

この本の読んでくださったまだ見ぬＦＰＳプレイヤーさん、戦場で相まみえる日を楽しみにガン待ちしています。

硝煙の香りがする荒野で、ほろ苦いブラックコーヒーを啜りつつ。

田中ドリル

BRAVENOVEL
ブレイブ文庫

仲が悪すぎる幼馴染が、俺が5年以上ハマっているFPSゲームのフレンドだった件について。

2020年4月28日　初版第一刷発行

著　者　　田中ドリル

発行人　　長谷川　洋

発行・発売　株式会社一二三書房
〒101-0003 東京都千代田区一ツ橋2-4-3
光文恒産ビル
03-3265-1881

印刷所　　中央精版印刷株式会社

ISBN 978-4-89199-623-9